WO DE MINGZI BU JIAO DENG

我的名字不叫“等”

——戌狗亥猪集

齐一民 著

云南出版集团
云南人民出版社

图书在版编目(CIP)数据

我的名字不叫"等"：戊狗亥猪集 / 齐一民著. --
昆明：云南人民出版社, 2020.8
ISBN 978-7-222-19400-7

Ⅰ. ①我… Ⅱ. ①齐… Ⅲ. ①随笔—作品集—中国—
当代 Ⅳ. ①I267.1

中国版本图书馆CIP数据核字(2020)第122734号

责任编辑：朱　颖
责任校对：范晓芬
责任印制：李寒东

我的名字不叫"等"——戊狗亥猪集
齐一民　著

出　版　云南出版集团　云南人民出版社
发　行　云南人民出版社
社　址　昆明市环城西路 609 号
邮　编　650034
网　址　http://ynpress.yunshow.com
E-mail　ynrms@sina.com
开　本　889mm×1194mm　1/32
印　张　6.25
字　数　100 千
版　次　2020 年 8 月第 1 版第 1 次印刷
印　刷　云南金伦云印实业股份有限公司
书　号　ISBN 978-7-222-19400-7
定　价　38.00 元

云南人民出版社微信公众号

如需购买图书、反馈意见，请与我社联系
总编室：0871-64109126　发行部：0871-64108507
审校部：0871-64164626　印制部：0871-64191534

己亥秋日
良自画像

目 录

第一部分

书话

世界讀書日
2020.4.23

引 子

2019年7月6日，星期六

药，有药引子；书话，也有书话的引子。

谈这几部书，真不是心血来潮。

不过，真的动笔，是因为受《晦庵书话》——唐弢写的那本——的启发。由于喜欢读，就也想写一本。

至于介绍哪样的书，是颇费了一番心思的。虽然我不是出版人，无法写得像《晦庵书话》那般地专业，但我好歹是最爱读书的。于是，就从读者的角度选吧。

这几部书，我绝对喜欢读，因而，也推荐你读。

它们不是“必读书”，但它们一定是“喜读书”，至少有一个人特喜欢，那，就是本人。

它们或许压根就不是什么“名著”，但只要对我有内心深处的触动，也就够资格了。

这些书，我都必须从头到脚、从首到尾巴读过，这于我，坦言吧，几乎是罕见的。我积攒书，好比在超市买糖果——在我还没得糖尿病的时候——谁会一下子把一斤的“大白兔”一口气吃了呀！我读书，也是如此。买回家，放在那儿，兴许过了一年半载，才在某一个机缘的唆使下，打开，读上一段，又放在那儿了。这是不是特像皇帝对嫔妃们突发的“临幸”？由此你知道，我能把一本书从头到尾一口气读完——没全读完那是不舍得——它，将是一本咋优秀咋有魅力的作品呢？

我说到这儿，你已经迫不及待往下读了吧？

介绍的这几部书，按我的定义，都是顶级的，都是“生命之书”，用作者生命和真情写的。于是，它们绝不可能是“5G技术指南”之类的，它们都不实用，但它们极有魅力。

写书的人玩命，读书的人也玩命：玩命地读，然后玩命地介绍。

第一本：孙犁《芸斋小说》

2019年7月14日，星期日

用孙犁的笔法写孙犁，要简洁。他文字有洁癖。

若干年前，在人民文学出版社出版《永别了，外企》，编辑杨柳大姐说她刚编完《孙犁全集》，三百余万字。我说：“你就等着帮我编全集吧！”

现在才知那是句疯话，人文社是最高殿堂，我或许再无缘进入。

说那句话时对孙犁不甚了解，觉得他是个土作家——写白洋淀的嘛。

今再读孙犁，缘起于《北京晚报》“书乡”张玉瑶文章《后“荷花淀”时期的孙犁》。读完后，巧了，这部《芸斋小说》从书架上探出头，说：“你该好好读读我了吧！”

它，我读过，没觉得什么，那部《白洋淀纪事》也在书堆中藏匿，溜出来，又逃回去了。

《芸斋小说》读一下，放下；再读一下，再放下。不是不忍读完，而是太骨肉连筋，真是太“血腥”了。孙犁像位动刀的外科大夫，而且是极端冷血的那种，把“生命之肉”，一刀一刀地切、片、割，然后，摆放你眼前。

与其说是小说——都不长——不如说是被他写到的那些人物的惨案——很多死于非命。

那个荒唐的年代。

用诗性的文字，写悲剧的故事。

用切割牛排的刀叉，割锯历史苦难。

你不忍卒读，你享受不了，你消化不动。

当年孙犁见人就送一本《芸斋小说》：“请你看看，我的生活，全在这本书里，从中你可以了解我的过去和现在。包括我的思想和感情。”

假如我们将这段话中的“我的”置换成“我们的”——说的是“文革”那代人——似乎更加合适。

第二本：《许君远文集》

2019年7月29日，星期一

《许君远文集》是昨天在天津古文化街的旧书店里不经意间收藏的，因为我从不知道谁是“许君远”。翻看一下，觉得有“民国味儿”，且都是民国时期写的文章，就将其“收留”了；一同打包的，还有解放初期出版的《且介亭杂文》《中国思想通史》（第二卷，侯外庐等著），都是繁体字的书。

我一见繁体字的书就手痒心跳快。

从古文化街出来，上车。出租车司机和我以及同去的两个亲戚讨论起繁体字该不该恢复的话题。

亲戚是台湾生并受早期教育，法国长大和出嫁，她当然说繁体字好。

繁体字的《且介亭杂文》，更有鲁迅的原味，因为原文就是用繁体字写的。

这好比吃“狗不理”，要到原产地天津卫来。

迫不及待阅读《许君远文集》。一翻开，瞥两眼他的行文，就知道他是位才子。果然，北大英文系毕业的，梁遇春、废名的同窗。

他的剧评尤其了得！

从书中得知，赵元任翻译过一部戏——《软体动物》。“软体动物”是指那些“永远不肯动窝”的太太，从许君远的文字中可以想象，那部戏演的过程有多么可乐！

还有，他那篇悼念徐志摩的文章也是极品。

许君远写的文章不多，他60岁就离世了。他是“著名右派”，“右派”帽子本身不至于置人于死地，但他早死些，是和帽子的轻重有关的。

好文章不在多少。一个人一生留下的，在于“成色”。上品文一两篇，其实就够了，就能代表那个人的“文品”。

天津的旧书摊和店铺，我早有光顾。古文化街的这个，已有许久没来。上次在天津买旧书，还是今年“五一”在解放桥上，一位老先生在桥上摆摊，卖的都是旧名著，比如王力的《汉语语音史》。

据知情者说：“现在古文化街也不能随便卖旧书了，你要真想买好的，要早晨五点钟天蒙蒙亮的时候，在那个桥底下，地上摆的都是繁体字老书……”（浓重的天津话）

“哦！”我一边应和着，一边细想回京的上车钟点。

第三本s：鲁迅的杂文集——必须是竖版的

2019年8月22日，星期四

在“本”后面放个“s”，说明不止一本。

鲁迅是本人的“师爷”——是我使劲儿往鲁迅那边靠的。因为我误以为能模仿鲁迅写文章的人不算多，老齐我好歹算是一个。鲁迅的文集我有两整套，一套是1981年人文社的，另外一套是编年的。

近来，在孔夫子旧书网上狂抄底起鲁迅竖版的杂文集来，当然，也有不是杂文的，比如1938、1948年全集中的一部——整套太贵了。

我对竖版书是有情结的，或许因为读过那么多日文书都是竖版的，而且最好繁体字，哦，竖版似乎只能是繁体字。

读竖版繁体字书，哪怕是1951、1952年出版的，都有一种回归故里——文字的——的美妙错觉，其实，那不是错觉，因为鲁迅写书时，就是竖和繁的。

于是，我就搜集了不少本。

卖旧书的人颇有意思——他们更有情怀。你看，他们把书寄过来时不知在包装上费了多少心思，像是在包裹中秋节贵重的月饼，里三层外三层的，而且，包皮上的字迹也非常工整——我想，他们那是有些舍不得吧，心说，可别碰上哪个败家的纨绔读者，把俺们的心肝给糟蹋了。

因而，我读这些至少六七十岁的黝黑老书，也和吃精品巧克力糖时的模样相仿佛，一口吃（读）不完，就用透明塑料袋子包好——通常袋子是随书来的——下次想吃（观瞧）时，再小心翼翼打开。

我在中化大厦的星巴克翻阅苦咖啡色的鲁迅杂文集，还真有那么点“鲁迅”的范儿。

鲁迅的这些集子我年幼时书店都有，名曰《而已集》（1927年）、《二心集》（1930年）、《花边文学》（1933年）、《且介亭杂文》（1935年）。20世纪70年代书店里只有这些个书，因而，就勾不起阅读的欲望，当然，人太小，也读不懂。后来，家中有全集了，更是忘了它们的存在。

这次复读这些厚薄不等的单行集子，竟然读出其中的滋味——原来，和俺一样，鲁迅也喜好一年整一个集子出来，长短无所谓，反正一过年，文集就瓜熟蒂落，也好比十月怀胎，不生（出版），是难受的。

因而，从《而已集》他四十五岁时的愤愤然，到1935年他临死前编纂的《且介亭》，每一个集子都是那一年他的心情、他的所思所想、他的苦恼、他的愤懑，当然，更有他的爱。

比如《而已集》吧，作于1927年，当时他身在广州教书，极不顺心——好像因为和身边的教授们不和——因而，《而已集》文字比1935年的《且介亭》要直白和“愤青”得多。

鲁迅的每篇杂文都有写作时间的落款，或许他也想留下一部按年头整理的“追忆似水年华”流水账吧。比如，《而已集》里的这篇《文艺与革命》末尾的时间，竟然是“十二月二十四夜零点一分五秒”——我一看这尾巴，就笑喷了！

想象一下：俺们的民族魂，伟大的鲁迅先生，在广州湿冷的三更半夜，孤灯下一人危坐，正对着墙上的钟表，写下“一分五秒”。

好调皮幽默和恶搞。

都说苦日子难熬，按秒计算的，都不能说是“日子”了吧。

第二部分

收藏

之一：李经弼的字、舒乙和童道明签字的书

2019年6月30日，星期日

今天，顶着硕大的太阳，和原先那个“不可告人废品站”的老板在宣武地界的一个公厕旁边“接头”。

几个月前，自从他的那个废品站被封堵之后，他就改成游击队了。他约我，我前去；约好五点，就五点到。从前咱也是做生意的，知道“一诺千金”的意义。

今天收藏的是：

第一，一幅书法家李经弼的字。

我本不知道他是个书法家。我一边帮没什么文化的河南籍老弟——他微信是“哥的低调”——破译条幅上的那些对他来说像是天书的字——上面写的是“人有悲欢离合……”是章草体——一边假装接电话，其实是在搜“李经弼”究竟是哪路大仙。哦，还真是个书法家呀，但他的字在“孔夫子旧书网”却只卖100元钱。

我心里有数之后，再看第二件“文物”。

第二，《世纪伟人邓小平》巨幅相册，中央党校出版社，1997年版。

邓小平是我的偶像，当然喜欢收藏。

尽管对他的评价，仿佛他的命运，有时起，也有时伏。

第三，“两会”（十届人大、政协）专题邮票纪念册。

我随手翻了一下，见里面有不少伟人邮票，不禁心中激动，但不能让“哥的低调”看透，就故意将和邮票纪念册一起的几本

“烂书”——一看就是无用的——捡出，说：“这也太占地方了！你知道，现在北京不缺别的，就没地方！”

我其实在间接砍价。

“哥的低调”老弟和他的两三个老乡们，随声附和着我。

最后轮到该掏钱了，我说了个数，他说太低了！我说那再加一百吧。于是，就成交了。

老实说，我那个价钱是个买卖公平的价，但只要是一“公平”，其实那于我——淘废宝的——就算是亏了。但做生意的规矩，是你想要得要，不想要，你也要将就着要——这是咱的习惯。因为你若不出手，下次，人家绝不会在公厕前、大热天的，守候你半天儿了。

回家后，验看我的“三件套”。发觉第一幅字——李经弼写的，的确值得收藏。他是北京书法协会会员，这不关键，关键是他是甲午海战“平远舰”管代、后来民国海军部次长李和的孙子。

他的字从100元到1000元，价格不等。

至于那个我认为是“捡了漏”的“两会”邮票集，看起来怪怪的，因为里面有许多朝鲜印制的邮票，还用朝鲜文写着“朝鲜邮票”——这个我认得。那，可就不值钱了吧，因为早先我去长白山时，曾买过朝鲜出的集邮册；2012年去上海的“世博会”，也从朝鲜馆中买过几本，不贵。

疑惑的是，为什么朝鲜要印制毛泽东、刘少奇、周恩来等领导人的邮票呢？ 细看，这还有金正日委员长和当时中国领导人握手的，可能是中朝友谊纪念票在“两会”期间发行的吧。

《世纪伟人邓小平》影集中，既有邓小平少年时期的清纯照，也有他的遗容。遗容头一次见。

今儿，就这点收藏的“破烂事儿”。

说到收藏，这些天我还用“不太道德”的方式方法，收藏了若干本书，这不，连送快递的都快成俺家专职的了。

第一“批”——其实没那么多——是老舍公子舒乙签名的画册，共两本。不久前从《北京晚报》《五色土》栏目的一篇声情并茂的文章中得知舒乙先生病了，而且不轻，于是，我就把“孔夫子旧书网”上两本他签过名的画集，给包圆儿了。

因为我也涂鸦画画，想知道“野路子大师”——舒乙也没老师。为何偏要签过字的？上面有他的指纹呀。

我心术不太正吧。

同理，昨天，我家的门铃又被小哥按闹腾翻了，送上门的，是几本童道明先生签过字的书。昨天是6月29日，他是27日去世的，这是28日在“北晚五色土”上获悉的。

眼下，正在写着“小民剧评”，而童道明生前是契诃夫戏剧研究专家。

之二：张爱玲画集、止庵限量版毛边书《惜别》

2019年7月13日，星期六

近来收集最多的还是童道明先生签过名的书。几个时期他签字送人的书，我几乎都集齐了，在书桌上摊开，好比在唤醒他的魂灵。

童先生不愧是“最懂得契诃夫的中国人”，连带着，把我也引进了契诃夫的生活。我原本对契诃夫不是特别喜欢，觉得他那些小说是小摆件，但天地变换世事移迁，你忽然觉得那些个被契诃夫嘲讽过的小人们——善的不善的——还复活于你的周边。是童先生的离去和大时代激活了我对契诃夫作品的阅读欲。

一本香港出版的巴掌大的《张爱玲的画》，也进入了我的书屋。张爱玲也喜欢画画——这还是看刘若英主演的电视剧《张爱玲》时知道的：她不远千里到胡兰成老家去找那个“汉奸丈夫”，没想到丈夫的身旁又多了一个新太太。为了掩盖难堪，张爱玲取出画本，给那个丈夫的新夫人勾像，并说：“你这姿势，可真上相啊。”一旁的胡兰成（赵文瑄饰演）跟着说：“爱玲画画，可传神了！”

挺乱的吧。

张爱玲的画尽管和本人的有些差距（笑脸），但她有天赋是绝对的——第一眼看，就有比亚兹莱笔法之震撼，尤其是线条的勾勒，决绝而果敢，且黑白分明，就好像她着旗袍时的傲慢背影。

止庵先生我去年见过一面，绅士、优雅，对扶桑国颇有心得，像是知堂先生的现形，且他的文风，也好似出自“苦雨斋”。

更值得佩服的是，止庵原本毕业于北医，是积水潭医院的口腔大夫，给人血淋淋拔牙的。那样的出身，却因爱好而驰骋于芸芸书人世界，自成一家，着实风流。

被《惜别》的是止庵先生的母亲。

家父也于今年离世，因而想读这类的书。

“孔夫子旧书网”为了推销这部“限量500本”的书，在网站门面上大做广告，誓言“绝不再加印”。我看是得了银子丢了精神——只要是书好，你放开印就是了，让更多的人拥有阅读岂不更好？何必如此铜臭气太强地叫嚣斗狠？

贵是贵，收藏是值了——书是毛边的，民国的做书法子，看时要用纸刀小心裁开。

之三：在藏区收藏“欢喜佛”

2019年8月13日，星期二

刚从西藏回来，还在倒着“高差”——高度的差别。拉萨海拔是3800多米，北京是40多米，从那里回来的人，仿佛是“天兵天将下凡”。

我在林芝路边一位藏族妇女摊上买回来三件“独一无二的老工艺品”。其实在过后不久我就知道“上当了”，因为下一个更大的摊位上，摆放有更多的“独一无二的老工艺品”，但我还是像导游小陈——一个口若悬河的演说家——说的那样，坚信我买的这三个镶嵌着精致金属装饰的工艺品是真的，是卖家真心卖、买家真心买而得来的。

小陈说：“即便朋友们发现你们从路边买来的工艺品不是真的，朋友们，你们也不要对摊主、对宗教信仰的坚定性表示怀疑，因为朋友们你们想想看，人家在路边摆放了一天的货，或许有十个旅行团从他们身边经过，或许其中只有一个团在她那个摊位上逗留，而在团员中或许只有一个人对那些东西感兴趣，在感兴趣的人中，或许只有一个人真正地愿意买。朋友们，这个过程，能不是真实的吗？他们阳光烈日下的期待，能没有回报吗？！”

（小陈可能做导游职业长了，在言语间，总用“朋友们”做开头或过渡，有点像是冒号顿号惊叹号的功能。）

而我，就是那十个团里唯一一个团中的唯一的那个艺术品收藏者。

细端详，从海拔几千米处“下凡”到我家的这三件“老工艺品”中，有两件内地真看不到，其中一件盒盖上是福娃之类的民俗画，里面却不一样了，再看，竟然是三幅春画！

我当时在她的摊上只是扫了一眼，以为那是欢喜佛的图样——欢喜佛是藏传佛教独特的“一景”——但回家打开，原来不是什么佛像，而是赤裸的男女春画。

明天得赶紧把它们送到楼下刚刚开始分类的垃圾桶里。

这，应该算哪一类呢？

藏族百姓的善良体现在你买东西后他们为表示感谢，会送你一样东西。那个妇女就送了我一个树脂核桃手串。我戴了两天。毕业于华西医学院药物专业的导游小陈说：“朋友们，人的手腕上毛细血管密布，最容易吸收外来物质，假手串朋友们千万别带呀！”

我吓得赶紧摘了——免得我日后全身循环起“树脂元素”。

回京的前一天，在日喀则扎什伦布寺的礼品街上，我又“收藏”了一些宝贝。其中有一对儿正义感极强、背上刻写着藏语的铜制老虎——我和老伴都属虎。另外还“收藏”了若干天珠宝石。

那位摊主也十分善意，我还没付账，她手里就备好了送我的礼品——一个转经法轮。

我买的那个法轮是真铜制的，她送的那个是假铜制的。

但此时，哪是真，哪又是假呢？

之四：真假难辨的吴湖帆仿赵松雪山水图

2019年8月17日，星期六

假如这幅吴湖帆的画是真的……但假如它不是真的，它也值得收藏。

吴湖帆和赵孟頫（松雪），一个成名于元初，一个出生于清末，隔着七八百年岁月互访（仿）。

吴湖帆，仿画奇才也，连另一位仿画高手张大千也佩服他。俺呢，也爱仿画——嗨，俺除了能模仿，压根就不会自己画画。

仿、仿、仿——吴湖帆、张大千、齐天大……都有点不好意思了。

展开卖画人闫老板手中的那幅起初我并不知道作者那么有名的“古画”时，首先，你要懂字，因为能仿画的不见得能仿字，而这字，一看就是出自高手，是赵孟頫的笔体，用的是上等墨，至今还漆黑的，颇有神气。

另外三幅竖轴的小品画和字出自一位署名“风华”的书画家之手。

该说价格了——四幅“老画”打包的一揽子价。

闫老板故作镇定地说了一个数。听后我拉低了一下，未果。我笑言道：“这就如同赌石，我压根就不知道这个作画的人，我也不上网搜他，他如果是个人物，而且是真的，我就赢了；否则，您赢！”

最后，还是按他说的那个数把一幅吴湖帆的“伪作”和三幅

“风华先生”的小品画给请回了家。

“孔夫子网”上一搜，其实吴湖帆的画——真假不知哦——不贵，有和我出价相差无几的。哈哈，至少没亏。

顺便又从“孔网”上买了一本真的《吴湖帆》——一本关于绘画大师生平的书。

即便真伪难辨，画还是好画，它出自一位大师级别的人笔下是没错的。只见这幅山水画，山是山，水是水，人是人，错落有致，前浓后淡，焦点突出。观画时，仿佛置身于真山真水之中。

这就足矣。

游动废品店闫老板还是我在青藏高原时约我前去和他碰头的呢。我从高原空降而来赴约，因“醉氧”迷迷糊糊昏昏欲睡，他照常在城南那个不可告人的公厕前，翘首期盼着我这个神志尚且不清的买主自投罗网。

公厕是“株”，我是“兔子”。

“兔爷”俺手拿着一幅“伪国宝”观赏把玩，不也算倜傥风流？

而闫老板呢，则是树下的守候者。

第三部分

剧评

蝴蝶夫人
Madam Butterfly

歌剧《采珠人》

国家大剧院

2019年5月19日，星期日晚

比才真是个鬼才。鬼才，才活了37岁。

可以说，我是跟着比才，才“走上”欣赏歌剧之路的。那是30多年前，大学的大教室，女指挥家郑小瑛引领我们听《卡门》之后，又去天坛剧场现场看她指挥《卡门》。从那以后，我误以为只要是歌剧，就是《卡门》级别的，就没有边角废料，就都是娓娓动听之音。后来，我知道自己错了——自从听了瓦格纳的几个破烂歌剧之后（要挨骂了！）。即便如此，在古典音乐广播里听说大剧院要上演《采珠人》时，还是额头飘疑云——没听说过比才除了《卡门》还有别的剧呀？！今天还是去听了。听第一耳朵就知道——这是比才写的。

《采珠人》的音乐可以用“妖艳”二字标签，还有，就是没有败笔闲笔。“败笔”不用举其他例子，听过瓦格纳就行了。“没闲笔”呢，就是在叙述故事情节的时候，在那些明明不会有什么美音预期之处几乎没怎么滞留，但也不特意炫技，感觉就那么地舒服，那么地……具体不表了，避免显出我的不专业。我还想了一点专业的人想不到的，就是西洋歌剧和咱们的京剧、越剧、昆曲之间的异同。都有故事吧，都唱吧，都有乐队吧，但人家没有的，可能是咱们那些固定的曲调和规矩，比如“二黄”“西皮”。也就是说，写歌剧的可以任意思想旋律——想得好想得美是法兰西的比才；想不好想得歪的，就是德意志的瓦格纳！

用作诗来比喻，西洋歌剧是现代诗，不讲究啥清规戒律；中国传统戏曲是古代诗词，写作时，受平仄曲牌的制约。

采珠、采珠——采薇、采薇。

比才是鬼才，鬼才死时才37岁。他因《卡门》受了百般批评抑郁而死。没想到，他死后《卡门》倒变成了世界最美妙的歌剧。

甚至影响到了我。

《卡门》和《采珠人》开头情节都是悲剧，不同的是，《卡门》将悲剧贯彻到了最后一刻——人死了；《采珠人》呢，最后一分钟男女主人公死里逃生。

中国的悲剧有《窦娥冤》《桃花扇》。

《窦娥冤》不是歌剧，是说话的剧种。按说话剧应该比歌剧好写，反过来说，歌剧京剧黄梅戏——连唱带表现故事情节的艺术形式——在创作上就一定比话剧难吗？没写过，没发言权。

西洋歌剧和中国的传统戏曲相比，作曲上可能有难有易。先说容易的，是不受曲牌规矩限制；难的呢，是绝对不能讲话，只能够唱，所有道白都必须用曲子陪衬，这，就显出作曲家的功力了。

今晚我竖着耳朵细听，我听见比才每个相当于道白的叙事都在精美背景音乐的陪衬下完成，这才是高手！这，就是比才。

比才能，谁能和比才——比？

他37年，没白活。

话剧《鸟人》

编剧、导演：过士行，隆福剧场

2019年5月22日，星期三

1

去年在一次介绍捷克作家赫拉巴尔的读书会上，曾见过过先生。他的确姓“过”，于是，就特别惊奇于国人姓氏之富饶。记得那天，过先生说在他那个年纪，比较关心的，就是离死亡还有多长时间。

过先生长我10岁，个子不高，微胖，笑容可掬，人称“过爷”。过爷祖上是围棋的国手，因而，他十分聪慧。那股子智慧，被他写进了戏剧的台词。

《鸟人》不属于喜剧或悲剧，应算是荒诞剧，但荒诞得没有太厚重的情感基础，就显得只是荒诞，甚至荒唐了。

《鸟人》的长远价值，我想，在于记录下北京人曾有“过”的风俗——拎着笼子遛鸟。之所以用引号将“过”字引起来了，是由于那已经是过去的事情。

从前，复兴门往北的路边上就净是遛鸟的人，整日叽叽喳喳的；而今呢，变成了钱币“哗啦哗啦”的金融街。

《鸟人》前两幕的主题是“鸟和人”的关系，第三幕就跑题了，变成了“京剧和人”，让一个大花脸演员“三爷”把“鸟儿们”的风头彻底压倒，于是，荒唐的效果就显现了——看到剧尾巴时，竟把剧头给忘了。没能贯彻好剧中的线索呀！

还有，《鸟人》是1991年写的，其中有许多那年头的噱头，比如弗洛伊德心理分析，现在再看时，已觉得不再能吊人的胃口。这可咋办？老剧怎么才能超越时间，用同样的“老树枝”培育出新的诱人之花？

《鸟人》并没能做到。

因何呢？只是用逻辑模块，玩弄一块之上再摆放一块的“荒诞游戏”，像搭积木似的，却缺乏能撩拨人心的情感基础也！

这是很多所谓“现代派荒诞剧”的通病。比如在人艺小剧场看过的那些孟京辉导演的先锋话剧，像《恋爱的犀牛》。哦，巧了，今晚除了第二次见到“过导”，还几次与长相非常接近“孟导”的一位长发男子相遇，那不会就是他吧。

人年岁半老之后，对那些“逻辑游戏”和太任意的“机械荒诞”已经感到略微恶心，至少是乏味，特想看点“真货”——有情理基础的。

想到了自家小说“马桶三部曲”——里面有多少精彩纷呈、能在舞台上展现的喜剧场景呀！

尽管对《鸟人》不甚满意，但不得不承认，作为姜文导演的电影《太阳照常升起》和话剧《天下第一楼》编剧的过士行——“过爷”，他身上老北京“爷”的范儿，是难得和稀缺的。

因为话剧的确很难写，即便是这部很闹腾的《鸟人》。

2

在今天（25日，周六）下午《鸟人》团队与观众见面时，过爷说他的《鸟人》之所以成就于30余年前、今天却仍能老树绽放新枝芽，原因是《鸟人》中含有四方面的元素：

①民俗——养鸟；

②其他艺术形式——京剧；

③新理论——心理分析（戏里有一个归国心理医生）；

④新工具——科学（剧里有一个鸟类研究专家）。

过先生说，一般养鸟的绝对不会唱花脸；

过先生说，一般会唱花脸的肯定不养鸟；

过先生又说，即便某个唱花脸的也养鸟，却基本上不懂弗洛伊德；

过先生最后说，弗洛伊德哪怕会养鸟，也能唱京剧演武生，但他注定不是科学院鸟类权威……而能把以上“四项”都收入囊中的，全球只有一个——我，过爷！

不过，我倒是又仔细反刍了一下过爷的“最稳定结构”，试图找出既然《鸟人》“时代抗老性”那般地强，因何我瞧戏时还老是瞌睡的原因。

我终于寻思得半明白了：过爷的“作品驻容术”从结构上看，没错，禁得住时间的冲刷，比如，哪怕30年后北京遛鸟人都“死绝了”（不好意思，用这样的恶语），但《鸟人》里的后三个“元素”还在——京剧不会灭绝吧；科学不会去世吧；只要地球上还有人类，心理分析是少不得的……

但是，《鸟人》的“硬伤”恰恰也就在这“东西视角兼顾、四个要素俱存”上面——不专一，太杂了。

你想，你去餐馆想吃一次极品的菜肴的话，你希望侍者端上来的那道梦想大菜中既有法国的蜗牛，也有美国的土豆泥，还有四川的麻辣烫，更有日本的纳豆吗？

单单鸟的故事——百灵鸟和一大堆的“鸟人”们——诚然不足以成为托起几幕剧的大梁，但前半场“鸟”来“鸟”去，后半场却忽然转变为京剧花脸震耳欲聋的大戏，尽管热闹痛快，令人目不暇接，却也使人一头雾水、无所适从，于是，就不自觉地瞌睡上了。

这么一分析，我终于不再觉得自己是提早精神麻痹和亢奋不起来了！

其实，过爷的“四驾马车保鲜术”是不难理解的，也起到“抗时间癌症”的功效，因此，《鸟人》并不是噱头不足，后半场笑声依然时起，但那其中并不包括我的。我有种吃自助大餐的感觉：酸辣咸甜恶心的都往肚子里塞，也撑饱了，却总觉得哪儿不对劲，不如单独地吃上一道地道正经菜肴——比如生煎臭豆腐——来得过瘾、有味儿。

但是，还是要庆贺过士行先生的《鸟人》能再次在隆福剧场奋起涅槃（连鸟带人），之后他别的戏再现——比如《厕所》复排时——我依然要来，这是毫无疑问的。

说起《厕所》：

①我藏有一部书；

②过爷说写《厕所》时起先没有舞台表现的概念，不知道上场几个角色们的屁股究竟是该朝着哪个方向撅——比如应该朝上，还是必须朝东南西北中——还是著名人艺林兆华导演有实战经验，告诉他哪儿都别冲，就让屁股们冲着席上的观众……

由此，我在乘地铁返家的路上一直提醒健忘的自己，赶明儿买《厕所》票的时候，千万千万别买头一排的。

《卡门》歌剧音乐会

国家大剧院

2019年6月17日，星期一

昨天是“父亲节”——老齐我的节日。巧了，有张去大剧院听《卡门》的票，就对老伴说：“不想让他们大操大办，可他们偏要在大剧院给我唱堂会，嗨！”

意外的，是“池座2排”的票。从前到大剧院，由于老买最便宜的票，都习惯从空中看舞台了，冷丁坐到了以前总是觉得神秘兮兮的那群最前端人士之间，还不够适应，有点从卡车的驾驶室中一下子坐到了矮小奔驰车里的不大自在。

原来从池座看指挥是平视的。指挥叫李心草，是个头发有点像草的后生，且瘦弱，而且演出服没做好，皱皱巴巴的。音乐都响了三四分钟，他还没如其他指挥那样大摇大摆舞动起来，乐队动他仍旧纹丝不动，于是我琢磨着，可能是黄白色演出服把他裹得太紧，褶子没熨平，人就轮不开，我甚至以为他也和我一样，是个业余的音乐爱好者。过了一个时辰之后，他的激情终于被卡门煽动和撩拨起来了——唱卡门的是个来自白俄罗斯的性感微胖女中音——于是，小李指挥的表情身姿也跟着到了该到的位置。

说“小李指挥”，我想到了“大李指挥”——李德伦。猜想，这么偌大个剧院，亲眼见过李德伦指挥的人恐怕没有几个。

我最后一次见李德伦是在协和医院。李指挥坐在轮椅上，我问他好，说：“您还记得去我们学校讲授交响乐课吗？”李指挥朝我摆了摆手。

不久，大李指挥就告别人间了。

那位卡门歌唱时声音巨响，你误以为，人的身体本身就可以变为一个独立的大音箱。

我还寻思，为何唱西洋歌剧的人个个都相貌堂堂，脸盘也都比一般人大一号——都有一张“歌剧脸”？比如你想想，戴玉强的那张脸。

歌剧的角色高低，的确是能从歌者的身材相貌上分出个大概的，比如那些个小角色（配唱的），没有哪一个像帕瓦罗蒂那样身材圆滚，而且相貌也没有老帕那样堂堂和光鲜。因此，我确信，好演员是自带着一个肉质音响和天然脸谱的。

京剧的脸谱，据说是为了让黑灯瞎火里瞧戏的观众从远处能识别演员的角色性质而做的，是“角色logo”。那么，西洋的歌剧也相仿，可从演员的相貌上看出哪个角儿具备英雄气质，如哪个是斗牛士；哪个是魔女妖女，如卡门；至于哪个是猥琐和坏的，还真没京剧那么特定。

比才的才，在评《采珠人》时候说了。《卡门》整场下来，我一直在细琢磨，他谱的那些唱段，究竟哪一段是败笔、闲笔，答案是——还真没有。

在这么近的距离，昂着头，观听那么多人轮番轰炸似的，为你那么一个例行公事的“父亲节”时而激情澎湃、时而呼哧带喘、时而表情凝重、时而气宇轩昂地唱啊拉啊弹啊敲打啊，还真能把你带入“你是神父”的境地。这就是西洋歌剧的魅力，让你都俨然是个好父亲了！

但我要排斥压制这些虚伪无用的情绪，我想做的是歌剧的评论对比。

哦，忘提了。听歌剧音乐会（如《卡门》这样的），假如没有先前看真歌剧的底子，假如不知道剧情，你等于瞎听。因为每听一个段落，都需要在脑海中复原那段故事在真正戏剧舞台中的模样。你心中要有剧里的景象，才知道这一段因何唱、唱什么，为什么唱它的人那般倜傥和风骚。

当然，我的法语也帮助了我。须知道，这些都是留了欧洲的歌唱家。人人在用法语演唱，当然不地道，但味儿是有了。

时隔整十年，再看《图兰朵》

国家大剧院

2019年6月23日，星期日

1

昨晚大剧院，大剧院版的《图兰朵》，主演莫华伦、孙秀苇——这些都不重要；重要的是，我是隔了十年，才再看《图兰朵》的——其实，就连这也不太重要了；更重要的是，我差点想不起来在2009年、在鸟巢，看的究竟是《图兰朵》，还是《阿依达》了。于是，去翻当年写的博客。我先去查即将付梓的《余力还开着电梯》（长篇博文集《雕刻不朽时光》第四部），因为那篇文章按写作时间来看，假如在，就应在那里。果然找到了！你看，就是它——我2009年10月写的《图兰朵》观后感：

《图兰朵》之后的北京

2009年10月8日凌晨，星期四

①昨晚带着妻女在鸟巢看过张艺谋导演的歌剧《图兰朵》之后，我家的60年国庆庆祝活动，就算告一个段落了。望着残月之下鸟巢、水立方秋风散落状的倩影，我想到的是，一场长达数年的北京派对（party）从此就要终结，就要over。就是说，北京从此，在可以预见到的很久很久的未来，再也没有大的、举世瞩目的盛宴，再也没有被激情燃烧被冲动和等待煎熬了8年的奥运，没

有60年才一度的国家民族的大寿。而明年，上海即将以"阿拉上海您"接过大游戏的场子，中国的世界的主要的目光，将朝长江流域转移而去。

②从2000年开始的北京城这两场世界级的巨大宴会，这晚餐、这餐桌上的所有的，一切的一切，随着《图兰朵》中莫华伦高唱的《今夜无人入睡》而达到巅峰。然后，北京这个伟大城市，就遁入平缓的成熟期和中年期（外加本人的暮年），由此，江河开始从少年上游的冲动冲锋和激荡跳跃，滚滚地，进入下游慢慢平静的流淌。北京的巅峰已到，北京的绝顶已达，北京火热的激情，和世界一同燃烧的炙热，和全球同步长袖起舞的狂放，从这一夜开始，就在有人入睡和无人知觉的一分一秒的滴嗒声里，远去了，久远了，融化了，稀释了，无主题了，落成了，完了了，焦距不再了，风化了，成为记忆里的了，静悄悄收场了。

③或许，这是北京城百年中和百年后最风流的一段风光的日子的、最后的一个残夜？

当我开始寻找差点被遗忘的十年前《图兰朵》经历和踪影的时候，我写的那个"观后感"的复活，就已经超出了戏剧本身的意义，它牵扯的是：我怎样原封不动地、认真地保留自己生命的每一段经历，以及时代过往的痕迹。

刚过十年，就不记得了？

2

《图兰朵》是普契尼临终时写的，没写完，被中国当代艺术家，又接续了最后的18分钟。

普契尼的东方情结在《蝴蝶夫人》中表现得尽善尽美，那是我最喜欢的歌剧之一——如同喜欢比才的《卡门》。但《蝴蝶夫人》已经有那么多年没演过了。

老实说，《图兰朵》除了《今夜无人入睡》，没有太美的歌。好像看了两幕之后，就在等那首歌出现似的。绝大多数西洋歌剧不都是那样吗？哪像咱们的“革命现代京剧”（样板戏），比如《红灯记》里，每个唱段都是经典。

为了写好这本“剧评”，我搜集全了各个时期的戏剧评论，其中有一本是“文革”时出的，名叫《革命现代京剧评论集》，里面有一句话：“剧本，剧本，一剧之本。”这句话是很对的。

普契尼在留下《今夜无人入睡》的绝唱之后，就撒手人寰了。的确，那是全剧最“提神”的唱段。

全剧最后18分钟是中国艺术家郝维亚的“续创”。你看完“续创”部分之后，再回味前面普契尼谱写的那些，还是能觉出其中的差异。还是普契尼的更优美。

即便同为普契尼的作品，也不能老拿《图兰朵》跟《蝴蝶夫人》做比较，它们（那些唱段）实在是太好听。

听《蝴蝶夫人》最好去日本。20世纪80年代，我在东京看过日本女歌唱家演的“蝴蝶”，之后我又去长崎走访故事发生的那个港口。

蝴蝶——东方女人的彻底悲剧。

3

在这部《图兰朵》中，东方女人——那个公主——却是个恶魔女，是个冷血人，因为她，那么多王子丧命屠刀之下。

剧情不细表了。

最后，“莫华伦”（十年前也是他）猜出了那三段“夺命题”的谜底：

①希望，②热血，③你——图兰朵。

于是，他（鞑靼王子）就没死。

他（莫华伦）也没“亡”（他的艺术），他又演了十年。

有一个语言的细节：你看英文的字母，同时听舞台上的意大利文，你发现他们唱了很多的“Peking（北京），也就是说，普契尼认真地想为咱们北京写一个大戏，如同《赵氏孤儿》是西方人做东方梦的平台。还有，其中有那么多次《茉莉花》旋律的变奏；十年前在鸟巢时看“张艺谋版本”时，没觉得这么烦。

中国元素被使劲塞进西洋人写的“东方剧”中，真是用心良苦。

总体来说，2019年版的《图兰朵》是成功的，它揉进了，这十年来的亮色。

接近李幼斌，细观“李云龙”

——《老式喜剧》观摩

人艺小剧场

2019年7月11日，星期四

昨晚在人艺小剧场终于看见了活的“李云龙”——李幼斌。他和“李云龙的女人”（真的）妻子史兰芽演出了二人剧《老式喜剧》——苏联剧作家20世纪70年代写的。

至于剧本写得如何的棒、李幼斌夫妇演得怎样的好，报纸上都说过了，我更想说的，是和“李云龙”近距离接触的感觉。

李云龙是《亮剑》中的大英雄，是个真爷们。我想，几乎所有国人都有点“李云龙情结”。在这些思绪的铺垫下，我静候着他的出现。小剧场，近在咫尺，黑灯瞎火——开演前。等灯一亮，他已经背对着我，坐在了那里。

声音极佳，低沉而有穿透力。

标准的话剧专业嗓音。

开场时“李云龙”很安静。其实，整剧中他都是如此，他的野劲儿被剧本套住了——演一个65岁而且心脏不健全的疗养院医生嘛。

然而，有那么几个小情形，“李云龙”回来了，他扯着嗓子骂娘的那股子劲头暴露出来了——但，那只是片刻，那么一急、一嚷嚷，他心脏马上出事。

于是，我没过足看“独立团团长”闹腾的瘾。

在谢幕的最后一瞬间，“李云龙”调皮的样子被李幼斌秀了一下，他半个身子躲到幕帘后面，用半张脸，给了观众一个笑眯眯的鬼脸——这才是“李团长”的本真。

史兰芽配得上是“李云龙的女人”——无论相貌还是演技——其实昨晚那场戏，她应是真正的Star。

倪大红主演的《安魂曲》——都挺好！

保利剧院

2019年7月20日，星期六

倪大红是“老来红”。昨晚一走进保利剧院，你感受的不是《安魂曲》，而是“红红”的味道。各种的“大红衍生品”在销售中，甚至包括“给红红打call”的标语牌，连我都买了几样：一件大黑而不是大红色、带有“红红头像”的T恤，一个倪大红“面瘫脸”的胸牌，一个手提布袋子。然后，把“红红衫”和胸牌直接塞进“红红袋子”里面。旁人笑道：“您的口袋直接派上用途了！”

等戏散了再出来看时，那些琳琅满目的“苏大强艺术品”卖得精光——你看，人家“红红”有多红火！

都是让《都挺好》给闹的。

倪大红年近耳顺之年——他大我两三岁——才开始大红大紫。我佩服其人，莫非是因为他考中戏考了四次，俺老齐“晚年考博”也是第四次之后才勉强上位？还是预兆着老齐俺的书也会在两三年后大红大紫而成为“齐大强”？

都是，也都不是吧。

说回正事——《安魂曲》。正研读着契诃夫，缘分吧。《安魂曲》是犹太人汉诺赫·列文利用契诃夫三个小说的原材料加工而成——第一次知道还能这么编剧，但的确编得成功——成功地把即将死去和已经死去的人们的“魂儿”，给通通安放了。

舞台上倪大红手里总有个大算盘，老是用它计算买棺材的利润得失。连他为老婆打造棺材时，还嘟囔着：“给老伴做棺材，这算是收入，还是算支出呀？”

典型的犹太思维！

对算盘我有些疑惑——那是咱中国人发明的呀！等看了介绍才知道，那是掺进去的中国元素。

大红和李幼斌一样，不愧是话剧科班出身，台词好，造型好。他原本就是“面瘫脸”，用那副“死面子”塑造一个靠打造棺材为生的老者，不正选材得当？

其实，倪大红的真本事是不演、是没表情。你我做不到，脸三分钟不动弹，你就休克了，而他不。

由以色列人编剧导演的《安魂曲》，有股浓浓的“犹太味儿”。俺这鼻子，可是和犹太人交往过十年而练就的。

他们聪明，他们会打算盘（算计），他们有远超其他民族之上的艺术敏感和表现力，这一点，在《安魂曲》里表现得淋漓尽致。

我总结一下，《安魂曲》是为数不多的各方面都到位的剧。

哪些方面？台词、表演、舞台设计、灯光音乐……

台词属于文学，是内容上的，是剧的核心，是故事；

表演取决于参与的演员；

舞台、灯光效果和音乐属于舞台特有的元素，可归结为“形式上的”。

将内容（故事）和形式（舞台表现手段）完美结合起来，不让人感到二者不搭、不相互适应、在一起不舒服，或者你是你我是我，那才叫成功的“导”和成功的“演”。

这个以色列导演和他的中国搭档（其中有濮存昕），在《安魂曲》中文版的“合作”上，可以说做到了内容形式无缝完美结合，看上去内容好、形式美，形式虽然美却不自嗨，内容中有形式，形式本身就是内容，一句话——

都挺好！

也有都挺不好的——绝大多数我从前看过的那些“先锋派戏剧”，孟京辉、李六乙、铃木忠志的……

都有形式是形式、内容是内容，形式不甘寂寞忘了内容而孤芳自赏、而“暴走”之嫌。

比如李六乙导演的《樱桃园》，我去年在人艺看的，里面也有濮存昕。李导演竟然让濮存昕在台上足足“僵死”了五六分钟，五六分钟里台上演员都死人似的没台词无动作，台下观众呢，也鸦雀无声，好像全一起被装进倪大红打造的巨大剧场棺材里面，那，可真安魂呀！

但那还是契诃夫吗？

还有幽默和机巧吗？

长达五六分钟台上台下一同“死机”，导演可能以为那叫作

“艺术的深沉深刻”，我看倒是导演在浪费演员的舞台工夫和观众的财富光阴。

时间虽不完全等于金钱，但也不能想花就花，何况，还不是自己的呢！

糟糕的戏，以李六乙导演的《樱桃园》为例，让形式（话剧的表现方法）和内容（要讲的故事）脱落脱离脱轨，让马车把要拉的主人给摔了甩了，结果马儿自己玩自己的啦。

一句话，那样不仅不都挺好，而且绝对不好！

冯远征主演的《杜甫》

首都剧场

2019年8月14日，星期三

记不得第几次看冯远征演出的话剧了。第一次还记得是2000年，他和何冰、吴刚在人艺小剧场演的《三人麻将》。

《三人麻将》中最让人佩服的是他们三个背诵台词的功夫——大段大段的，而且特别抽象。我当时怀疑：演员知道他们在说着什么吗？太深奥枯燥了。

《杜甫》的台词也不好记，古典，拗口。

《杜甫》和看过的《李白》出自同一编剧（郭启红先生）之手。

李白是濮存昕演的。这样，我就凑齐了濮存昕的李白和冯远征的杜甫。

他俩谁更伟大？

在濮存昕和冯远征之间？

不，在李白和杜甫之间。

从前觉得是李白，越老越觉得应该是杜甫。

杜甫既有“窗含西岭千秋雪”，也有“茅屋为秋风所破歌”，有阳春白雪，更是下里巴人。

剧里说得好：测量一个诗人的尺度，是慈悲之心。

这一点，杜甫肯定有“圣心”。

他同地上匍匐的野草一样，尽管卑微，却能感知大地。

杜甫的诗，在当时高适编纂的诗集中竟然没有一首。他是个“编外”的“不入流”——主流的“流”——的诗人，因此别人对他说：“你死后再出名吧！”

杜甫是“饿极噎死”的，俗说“吃饱了撑死的”。

诗人本无用，有用莫作诗。

不说杜甫了，说说表演的事儿。

和20年前比，冯远征已有些苍老，这正好演老年的“杜二”。和妻子梁丹妮同台，把“全家”亮相给观众。

有趣，不久前李幼斌也携妻演戏。

梁丹妮演得可不比冯远征差，那是谁带着谁玩儿呢？

还有扮演高适的于震——我管他叫“大长脸”。北京娃，龙套出身，而今“混上”话剧最高台，可贺！

至于剧本，写得中规中矩，如冯远征说：“戏剧冲突不明显。”

历史剧不好写，最爱田汉的《关汉卿》——好像是去年看的吧。今人和田汉时期比，对古典已经相对陌生，写成《杜甫》已经不易，更何况写好呢？

法文版音乐剧《巴黎圣母院》

天桥艺术中心

2019年8月17日，星期六

这个是真法文、原汁原味的《巴黎圣母院》，因而，作为合格观众，你必备法语。

20周年纪念版。上次来北京是2002年，其中只有一位——扮演弗罗洛副主教的丹尼尔（“丹叔”），他已经70岁了——是“北京二次会”。

70岁的他看吉卜赛少女艾斯米拉达的心境，比起他50岁的时候，是否更加“副主教”了呢？

谁知。

《美人》（Belle）——发音和中文的“美”多么地相似。

这句“Belle!”是从卡西莫多嘴里吐出来的最重要的一个字，也是全剧的“剧眼”。

但美丽归美丽，爱情不是过日子。我怀疑，即使最终卡西莫多和艾斯米拉达真的相亲相爱，最终成了家，那个家，也是个“泡沫家庭”。这和《卡门》悲惨结局兴许差不多。爱，是什么？是火柴的瞬间燃烧，烧一阵子，就会到达手指，就得赶紧扔。当然，我说的是“法兰西式速效救心浪漫”。

《巴黎圣母院》看下来的感觉，就是带着那种法式极端情绪，在海拔5000米之上乘过山车一路亡命冲锋的样子。

全剧第一个唱段就把你的血压“呼”的顶到了180，然后，更高，更险，一直不停，情绪始终激昂，法语的短促和跳跃，一串串美丽清澈的音节——这可是法语才独有的啊——让你的心电图随着一波波情感高峰呈现稀里哗啦的波形，一刻不停地冲刺，到下一个、再下一个峰顶，让你出现明显的“情感高原反应”——头疼、呼吸急促、心跳过速……

突然，中场休息20分钟。

回来后，又一个《马赛曲》式的高调，再拔高，直至卡西莫多的嗓子蘸着惨红色“生死恋”的血浆，嚎到嗓子劈裂，再也发不出任何声音……

全剧戛然结束。

全体演员谢幕。舞台上下随着格兰古瓦（角色名字）的起头，再次齐声唱响那首耳熟能详的《巴黎圣母院》“院歌”。

Belle——！

葛优主演的话剧《默默》

国家大剧院

2019年8月24日，星期六

这是第二次见到“活的”葛优。第一次是在十多年前，在杭州到北京的夜车上，同一节车厢，他一个人，头锃亮，没人理他——名人嘛。

也见过他老爸老妈——葛存壮和老伴。在天安门广场，那是2009年的国庆。

葛优不愧是影帝级的，在《默默》里戏份儿不多，演“灰衣人”的头头，是个反派，但从始至终他都是灵魂样的存在。只要他磁性的声音响起，即使同女主演万茜及绝大部分后生演员们相比是绝对“大爷”辈的，他也是主角儿无疑。

佩服德国剧作家的睿智（德意志型的），将“时间”作为全剧核心，“存在与时间关系的思考”是它的主旨。只有德国人才能如此深刻抽象地寻思这个命题，自己先想通了，再把他的结论通过“Momo”这个同样是“莫须有”（世间压根儿就不可能有）的抽象型人物演绎、诠释，让她和周边“人”（也是抽象虚拟的人）活动、交际、冲撞、战斗，然后，结出不可思议却似乎真实存在着、存在过的绚烂花朵。

你看，时间竟能开花——“时间花”；

你瞧，“时间存储所”居然还有“所长”（葛优饰）；

……

《三体》加上《存在与时间》；

刘慈欣和海德格尔；

科幻与近代哲学……

假如你多少知道这些，它是部好剧，好得不能再好——没有废情节、废感情、废台词、废表演、废舞台设计，真没有，全都精准得万分“德意志”，一个零件也不多，更不少。

抽象加情感再加惊心动魄的故事情节，分分秒秒对着“时间”（zeit）、“生命”（leben）的靶子甩去！

但是，假如你不会抽象思维，假如你没读过《存在与时间》一类的书，而且你全然没有科幻的幻觉……呵呵，那你就惨啦，你面对的，只是葛大爷上台时露一回、下台时再露一回，他的大光头始终戴着一顶灰帽子！

我想，这就是为啥中场休息时有人一去不复返的原因。

抽象剧写得像《默默》这般好，我还是首次遇到：抽象而不胡来，重形式而紧贴人性；哲学的拔高，艺术的感染，将伟大的主题和似乎的“胡搞”一通乱炖之后，再完整完美无漏洞地和盘托着送到观众的眼前，令你在享受艺术美昏厥的同时深陷亘古人生课题的沉痛思考。《默默》做的实在是太“得意”，而且大“志”毫无疑问已经圆满实现。

何况还有葛优——一个越经过时间摩擦就越发锃亮的“巨头影星”——当坏蛋主演呢！

普契尼歌剧《西部女郎》

国家大剧院

2019年8月25日，星期日

这个剧看完后，我发觉自己终于用稀稀拉拉的方式将普契尼的主要歌剧“攒”全了。从三十多年前的《蝴蝶夫人》——在东京天桥剧场看的——到2009年和今年夏天的《图兰朵》，几年前的《托斯卡》，直到今天晚上的《西部女郎》。

《西部女郎》是大剧院的定制节目。一看方知，它里面的

“西部”竟然是美国的西部，是加利福尼亚，讲的是淘金人的故事。

这一下，就让我心目中的普契尼“伟大”起来了！

你想呀，《蝴蝶夫人》说的是日本；

《图兰朵》讲的是中国；

《西部女郎》道的是“新大陆”美利坚。

作为一个生于19世纪中期、去世于20世纪初期的意大利人，一个罗马人的后代，普契尼居然有那样博大的胸怀和视野，那样广泛的爱意，用那般柔美动人感人至深的旋律，表述了蝴蝶夫人被美国大兵遗弃的故事，中国元朝公主选夫的故事，加州淘金矿区女郎生死恋的故事……这几部戏主题之国际化，令后辈剧作家望尘莫及，别国的先不说，试问，哪个中国艺术家——写小说的做戏曲的——能写好一个欧洲故事、一个日本故事和一个美国故事，并让那些故事全球流传、让全球人都耳熟能详顶礼膜拜呢？

这一点连贝多芬、威尔第、柴可夫斯基都做不到，或者也没曾想做，于是我想到，普契尼之所以伟大，不仅因为他留下了那么多首好听的乐曲——比如《今夜无人入睡》——还因为他非凡的胸怀，他全球范围的无涯博爱，甚至他的“超时代时髦意识”，他的跨国际表达技能……

他，才真正做到了爱心无涯，让艺术服务全人类；

他，才着实想着“世界各族人民”的所喜所爱，并试图用自己跨洲际想象力——须知，他那个时代交通并不发达，他只能凭借想象和人类共有的领悟——去描写、刻画自己不熟悉国度中的他们（我们）的思想，他们（我们）的习俗，他们（我们）的苦恼和爱憎。

无疑，普契尼成功了。六十五岁离世的他留下了许多他的时代不多见的“异国典型人物”，比如蝴蝶夫人，比如图兰朵，比如西部女郎。

（为啥都是女性？）

普契尼，用这几部后人很难超越的经典大戏向人类证明：艺术本无国界。全人类的初心原本都很善良。

第四部分

写作经历和感悟

秋實

缘 起

2018年9月29日，星期六

每一本书都有写作的缘分，或者起源。今晚在万寿路的凯德Mall书店看到高兴先生（《世界文学》主编）写的一部《米兰·昆德拉传》，就又勾引起了我写一部自己作品传记的旧愿。在那样的一部书中，我将忠实地交代自1994年开始，至今25年来本人从未间断过的写作史，同时自己进行自己作品的品位和研究，这如同一个没啥病灶的“患者”，对着镜子给自己的肚子开膛，然后仔细考察探究。

我之所以有那么一个夙愿，一是因为能连续写作25年从未间断，至今已经马上就要出第24部书，第25部书也已经写完的人，在这个世界上是不多的，就连昆德拉也曾有6年不动笔的记录，何况那些不是昆德拉的人呢？因此，从20世纪的1994年到眼下的这2018年，甭管写得如何、写得多好多坏，其实已经不太重要，重要的是要留下一部写作的“史记”。该写的人生经历都差不多写完写尽了，还有想写的，就剩下写作的过程本身。

钱穆先生的《八十忆双亲·师友杂忆》是我这部书的一个参照。不过，那是他八十岁写的，我才五六十岁中间；他写的自传是以自己和周边的人为对象，我写的对象不是人，是书，是作品，是每一个作品的诞生记。它们（我写的书）几乎都是生育容易、成人（成书）难，其中最难的，当属已经苦等了五年、本年度终于应该成书的本人“压轴大戏”——《雕刻不朽时光》。

在给每个作品立传的同时，我还要附加进自己的研究。理由有若干，一是至今除了出版时请人写的评论之外，还没人对本人的作品进行过仔细研究；二是即便别人研究，本人也信不过。我写的东西覆盖面实在是太广，其中有文学和非文学的、小说和非小说的、艺术和非艺术的、人写和不是人（神？！）写的、用狂言和非狂言写的……从时空上看，从北美到日本，到北京、杭州，再到全球，这已经远远超出了一般评论者的视野及能力。例如，就在最近，我通过宣传公司将本人颇为得意的一部管理类随笔小说送给一位京城知名报纸的书评栏目记者，那位年轻记者阅后说全然不知该书所云……这充分刺激和激发了我：你真的有必要为自己这四分之一世纪中写成的所有 “产品”做一部书，算是导读，算是研究，算是自卖自夸自我陶醉孤芳自赏……这些都不重要，重要的是为后人——哪怕只有一个，对“齐天大”的文章“发高烧”的人——提供一个高兴先生给昆德拉做传记那样的阅读指南。

上篇

『非作品』写作

（1994 年之前的阅读和“写作”）

上高中之前：“范文”和《红楼梦》

人对青少年时代的记忆是既模糊又鲜活的，清晰时如同昨日，模糊时如同外星。

从河北“五七干校”乡村小学到北京三里河四小，再到二一四“戴帽中学”、月坛中学，我的“写作”开始于作文，终结于“范文”。所谓“范文”就是语文老师拿着两三个本子读这次作文的“最佳文本”。记忆中从小学到初中我都毫不意外地被读过。当然，那些都不是作品，并不证明我是写作神童。当时是个“读书无用”的时代，学习好并不能说明什么，只说明你不太会玩耍而已。

记得三里河四小有一位女语文老师，名叫“张连文”，她就经常在课上读我的作文。

直到小学快完结之时，我们还没什么课外书读。外国文学作品“解禁”的时候，大约是刚上初中、1974年前后吧。最早看到的是高尔基的《我的大学》《在人间》《童年》，起初都是小人书，后来有大部头了，就着迷了一阵子，就看进去了。看书是一回事，看进去又是另外一回事，那是人的魂儿跟着书走，彻底走进书的背景时代，是暂时忘掉自己眼下的“场子”。我相信，当“文革”后全国人民首次捧着一本高尔基《在人间》的小人书读，随着画面首次“走进西洋”的时候，那种感觉，不亚于今年的朝鲜头一次和韩美恢复关系，并见到大街上突然冒出了许多西洋人吧。

哦，想起来了，我的古典文学教育启蒙于一本半残的《中国古代神话故事》和几本破旧的其中有古代仕女的小儿书，那是头一次知道，世界上还有人穿不是中山服（也称“毛服”）的衣服。

真正的文学“开蒙”是上初中一二年级通读的《红楼梦》。老实说，那是我第一次读，也是最后一次通读。不仅读，而且读进去和掉进去了，长达一年半载之久。

我是在山东烟台老家一个表姐的带动下读《红楼梦》的。她那时已经中学毕业，在我家每天抱着本《红楼梦》沉迷，读完后就给我讲其中的情节，比如“调包计”什么的。她回老家后我也读了起来，一读就不可收，就再次陷入了读高尔基《在人间》时的魂跟书走和神不守舍。那种经历恐怕并不是谁都有过，有过的人也不见得能再重复。我后来再读《红楼梦》时已有把子年纪了，用的是老奸巨猾曾经沧海的眼神和心态，就压根儿找不到了少年在大观园中任意做梦的“初心”。不过好在，我是曾拥有过“红楼阅读初体验”的为数不多的人之一，也算是幸运的吧。

记得当初在月坛中学上初二时，一个邻座的女生也整学期不好好听讲，在桌下私自读《红楼梦》。

我再次“掉进”一部巨著是在上大学的时候，最大的一部是托尔斯泰的《战争与和平》，整整半年游弋于书中，有点像现在的“网络游戏沉迷者”。

其实，我即将成功出版的长达一百四十万字、六卷本的《雕刻不朽时光》，你哪天若读了，或许，也能沉迷进去。

十三中：张金俊老师，写作的端倪

我头一个“写作”的端倪起始于上高中的头一年（1977年），在北京十三中，得益于张金俊老师。十三中的前身是辅仁大学附中，西城区重点。校园在一个贝勒府，雕梁画栋古色古香，像是个迷你大观园。

高中的第一年我上的是理科班，张金俊是语文老师，他是刘心武在十三中当教师时候的对桌，据说还是《班主任》中那个“班主任”的原型。张老师那时候正值壮年，威武帅气但不苟言笑，上课头一件事不干别的，就是点评上次作文中的头两三个范文，而那两三本之中，注定，就有我的一本。

记得张老师布置的第一篇作文的题目是“秋雨”，而我的写作名声，就是从那篇《秋雨》开始，开始于班级，然后是年级（我估算的），直至我被选派为十三中的两名“最佳写手”之一，到北京三十五中去参加西城区作文比赛。但是，我没得什么名次。

那次区作文比赛的题目是和陈毅元帅如何教育子女走革命道路有关的，那是个典型的“作文”题目，要的是高大上和某种程度、至少是轻度的假大空，而那不是我的专长。我的专长就是写“秋雨”，当然，不是什么“余秋雨”。余秋雨先生的写作路子，其实也是“广义作文体”，其特征就是赋比兴，就是风雅颂，而我的路数是“讽”，拿“秋雨”去做文章，去“讽”。由此，尽管我在全班同学都疯魔地跟着有着曹雪芹气质和斯巴达克精神的张老师写作文、传看同学作文，张老师又把我这个大家都认为是他的第一门徒“置顶”的头一年中出尽了风头——比如作文被摆放在一进校门作文展示栏目的头一个呀，在全年级大会上高声朗诵我写的《灯下漫笔》呀——但是，我，还是不会写“作文”，也不会在任何正式作文比赛中得什么奖，哪怕是末等奖。我现在仍在思索着：张老师引领我走上的，是一条反叛作文、抵制作文的单独道路？

直到如今，我对“作文体”的文章还是不太感冒的。举例？比如余秋雨的、龙应台的、毕淑敏的……这些都是名家，我难免有不自量力之嫌，但“作文体”文章的最平庸之处，就在于所有的内容都是预设的，比如：作者人品的预设，肯定很好；文章抒情说理的高度，绝对不低；文章最终想表现的主旨呢，一定崇高，无非是里崇高（作者）和外崇高（被表现的）罢了。这些你几乎不用细读，就已经知道作者要写什么怎么写和写成什么了，区别只是中学生们起的调子比那些大师们的低些，写成的也不那么完美漂亮光鲜而已。我用更“讽”一点的解析，就是那些文章里的思辨性太差，写的时候所需心智也不太高，这世界是多么地复杂，你咋能用“啊！”那么几个不断拔高的美声，就能唱明白哩？

因而，就连随笔的鼻祖法国人蒙田的那些“作文”，也勾不起我渴望阅读的哈喇子（口水）。

比起那些，《老子》《庄子》虽不是“作文体”，但档次实在是高出许多。

高中一年我写的那几大本布满了张老师一串串红笔批示并夹

杂着无数个“极好！！”感叹的作文，如果用“少作”的尺度要求是绝对不低的，证明是它们被同学传看后的失传，不知失传到了哪个同学的姐姐弟弟的手上了……

张老师不愧是班主任！是大侠！是我们班级甚至是无数十三中后学们文武兼备的男神！那一年除了“写作解放思想”，我们还跟着张老师骑车远行，比如两昼夜骑车去门头沟的百花山，去十三陵和沟崖，后来我和几个男生喜欢在深海中畅游，也是受张老师年轻时诸多壮举的影响。

张老师年近七旬的时候仍然是我“作品”的“捧杀者”，即将出版的《雕刻不朽时光》中的引言，我用的就是张老师的“为师颂词”。我也鼓励他写作，于是他奋笔疾书，写成了《苦途——张金俊文集》，2015年，该书在北京燕山出版社出版（责编陈雪、王梦楠）。里面记录的是他在“文革”期间和十三中几位老师骑车到上海、江浙的“骑游”经历。《苦途》问世后，《北京晚报》还整版报道了张老师的事迹。

如果说我写作中有贵人相助的话，无疑，就是张金俊老师。

在高中的头一年，对我最有益的书是《古文观止》和《宋词选》。从《陋室铭》那类的文章中，我注意到“古白话文”的味道和特色——用那么简洁的语言说了那么多想说的，令人入目难以忘怀。从现在看，我1999年出版的《妈妈的舌头——我学习语言的心得》、我的博士论文以及我其他与语言有关的文字，都溯源于高中时读的《古文观止》的心动；我想追寻和复活的，就是《陋室铭》里的“简陋文字”。

那年代语文教材中还没什么“宋词”，是课外读的，当然，课上也偷着读。我那本宋词是选编的，并不多，但配有插图，比如“明月几时有”的旁边就有一个倒背着手举头望月的苏东坡。那一年沉溺于宋词，以致书中大部分的的词今天还能背诵。奇怪，成年后无论再怎么精读其他的，却都不会背了。

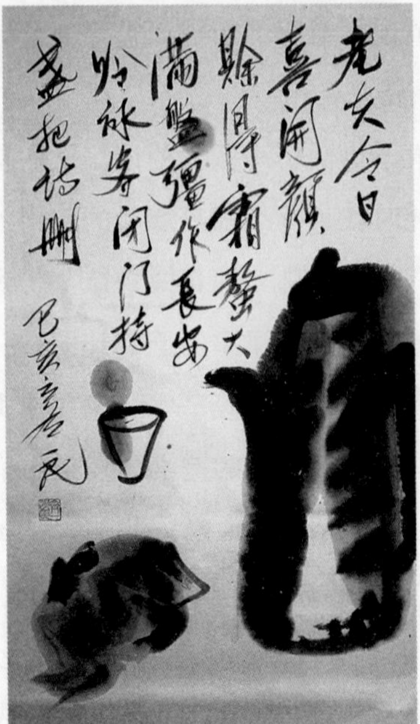

大学时代的写作：大刘、书信和日记

我的大学和高尔基的不同，是在20世纪的80年代（1980~1984）。

当代人一提起80年代就唏嘘不已。因为那个时代的火红和悸动？还是那个时代的不再？这无疑是悲哀的：刚过去30个年头的一段岁月，现在就成了慨叹的历史而被今人万分的留恋，那只能说明什么事情被搞错了。

80年代初的大学生活——凭我的记忆——是朦胧般初始的，有点像老子的混沌时代，什么都是那般的起初，都不知道结果如何，但纯真是真有的，仿佛“纯真博物馆”。我细想，之所以80年代的精神那么被文化人所津津乐道，其中有一个“必须有”的缘由，就是那时候几乎人人平等——至少在物质上，比如在学校的食堂，“贫穷”和“富庶”的差别最多是你早餐时能多吃一个茶鸡蛋，他吃不起那个茶鸡蛋而已。我呢，是属于有时候吃一个有时候不吃的那个阶层。

1980年入学时著名的“77级”还没有毕业，因而，是个叔侄（年龄上）同校、“好”人“坏”人（根基或品相）同室（宿舍）混搭的光景，由此发生的离奇故事多多。而文学，不就是鱼龙混杂后的分泌物吗？

那四年我压根就不是个文学青年，而我的室友大刘是。大刘年长我们很多，来自吉林一个江边能打鱼的农村，因而，是个标准的“低端人物”（用当今的尺度），但他能文善文，整日晚上不睡觉，点着蜡烛在宿舍的蚊帐里书写一边写一边丢的小说，内容大都是江边打鱼的故事，惹得本来神经衰弱的我无法睡觉。为了报复大刘，我时常趁他不在宿舍的间歇，将他枕头里的大烟叶子抓上一把，使劲扔到床铺下面。

因此，因为和校文学会骨干的大刘的对立，我就压根不会往“文学青年”“作家”的路数上走。我挺反感那种身份的。

又过了三十多年，当我这个整治“文曲星大刘”、与小说势不两立的“思想家”（自封）已经出了20余本小说之类的“作品”之后，80年代就在某杂志上发表过小说、写过剧本、被众多女生视为“精神导师”的大刘还停留在随写随扔的状态，他那些写得非常好的古体诗至今还停留在“自印”的阶段。

大刘格律诗写得格外的好，格律正确用字精准，但迟迟不能出版，除了出版社经济上的考量，或许还因为其中的“负能量”太多——岂止是多，应该是满满的。这就牵扯出文学作品中究竟应该正能量多还是负能量多的考虑，无疑，全是正能量的不该是好书，至少不是最好的；全是负的抱怨的呢，你写着痛快，但别人凭什么读呀？

我刚才自吹大学时代自己是“思想家”，多半是因为我读过的书。80年代从读书上说是个几乎疯了的时代，至少于我，就是那样。我读的大学是商科，图书馆的文史哲书不久就读光了，然后就骑车去外校借，去北大、北师大。四年期间因为准备了两个学科的考研——美学和社会学，就自修了两大学科涉及的所有教科书、参考书，外加通读了《马克思全集》（翻看），雨果、托尔斯泰、卢梭、黑格尔等数不清先贤的全部著作。中文的读得差不多了，就到老国图（文津街）去看日文的，举例：当“尼采”的名字还不被大多数国人知道、兴许还没被译成“尼采”二字时，我已经阅读过日文版“世界思想家系列”中的他的著作，早就很熟悉那个半人半神半疯半癫的“尼采”了。

说这些还是为了说写作。我在大学期间尽管从没想过要写小说什么的，但大学期间如饥似渴的阅读为我后来的著书立说打下了很坚实的基础。比如我写小说的“体系性”就部分来自黑格尔的“体系追求”，2005年我写《我爱北京公交车》时的思路源自大学期间获得的社会学式的思考。另外，以前从没拿过文学类学位的我能在46岁的高龄考取北大比较文学的博士，底子也是20多年前自己构筑的哲学、美学、文学方面的基础。就连后来到渥太华卡尔顿读MPA（公共管理硕士）时我在与数学有关课程方面领先他人（比如微观经济学），也因在大学期间为准备社会学的考研自修过所有的高等数学课程。再有，我博士论文是和日本有关的，《日本语言文字脱亚入欧之路》最终能在2014年出版，用的看家功夫是从初中起直到大学本科所学日语，是童子功。

从读书说回到写作。大学期间有一门“大学语文”课，老师要求写篇作文，题目忘了，也是励志性的作文题。十三中第一年曾经被张金俊老师宠爱备至的我原想能发挥一下，但一下子就失败了——范文中没有我的。记得我把那次作文写成了胡思乱想的虚构小说，还很长，写得连自己都晕晕乎乎不知怎么收尾。我又一次在“作文”上败下阵来！从那时（1980年）起直到1994年，都没再“虚构”过什么东西了。

如果说四年大学期间写过什么有价值的东西，当属我和外校同学们的那些通信和读书笔记。

如果想研究激情澎湃的80年代写作，最原始的资料莫过于富于时代精神的大学生们——喜欢思考的那些——相互写的那些书信。

和我通信最多的是北大中文系的季元宏，我十三中文科班的同窗。我们那几年的通信如同几十封甚至上百封“读书报告”，里面谈的都是读书体会和人生心得，用的是联合国秘书长、副秘书长之间交谈的口吻，写的都是人类和宇宙的大事情。

可惜元宏给我写的那些才气十足的信件，连同我大学期间那么多本大多是读书心得体会的日记，都在我去国十年期间失去踪影。一个时代两个“思想者”的交流记录，杳无踪迹了。

2018年的7月初，也就是两个多月之前元宏吾弟英年猝逝，从此我失去了一个从17岁起就言无不尽、不尽不快的天赐好友和人生同路人。由之，我就更加怀念80年代那个用大段神采飞扬的文字谈古论今的笔谈时代。寻思那些失踪的来往书信，它们是我们青春的记录，也是国家又一个“青春发情期”到来时万众一心、英姿勃发的实拍。

那个雨夜，在八宝山，当我亲手为元宏把他死活不肯闭上的眼睛合上的那一刻，我知道，我们两人的80年代的无悔青春，结束了。

1985~1988年在日工作期间的写作：中日文实习报告、两地书

1984年，十分不情愿成为商人的我还是被分配到了外经贸部直属“中技”进出口总公司，从而踏上了此后二十年的商业之路。

1985年4月，我被“组织”派到东京日本三菱商事总部学习投融资半年。从写作上看那半年期间的“亮点”有二：第一是刚从一个极其贫穷的国家到当时已十分发达、光怪陆离的东京去工作，作为一个中国青年只身一人出没于由日本精英组成的大公司总部，难免备受“文化冲击”，难免内心充满了感慨。到东京后不久，我便把那种感受写在信中发回了“中技”，可能我的信写的都是肺腑之言也十分煽情，不久就从北京总部换回了众多热情洋溢的回信，说处长组织全体阅读了小齐同志从东京发来的“前方通信”，听完后大家起初鸦雀无声，之后便群情激奋，大家都被小齐同志的来信深深触动，掀起了新一轮的为实现祖国“四化”的工作激情。同事们的回信有用诗歌写的，有用散文体写的，都那般的动情真挚，我读着也热血沸腾。出国前我可能留给大家的印象是吊儿郎当没心没肺，但真的代表国家“出征”日本首席公司三菱，还是蛮争气的哩。

我写文章而不是“作文”的手感，又回来了！

在三菱期间，第二个“写作事件”是半年的在岗学习结束时

我给三菱提交的“实习报告”，当然是用日文写的。在我把报告提交给负责我实习工作的武田胜年先生（后来曾任“三菱商事中国董事长”）后不久，他兴冲冲地对我说：“小齐先生呀，你写的实习报告被送到诸桥晋六先生（著名汉学家诸桥辙次之子，当时是三菱的专务董事，后曾任三菱商事董事长）那里，他读后十分赞赏，让许多部门主管传看，最后还被发到了三菱的北京办事处，要那里的人向你学习。”

我的报告主要是从一个中国外贸人的角度对日本商社的利弊进行分析，可能我看到了一些日本人“不识庐山真面目”的东西，写出来后对他们也是一种启发。那篇报告单从长度和文字的品相（当时都是手写）上来讲无疑是足够的，要知道和我一同参加“新人实习项目”的当年入职同学，一律都出自东大、早稻田等日本名校，大家一起参加各种学习班，我是唯一的外国青年，毕业报告能在他们之中拔得头筹，也算是为国争光了。须知当时的中国地位和日本相比，还是有鸿沟般的差距。

实习结束后我被留在“中技”东京办事处工作。上班后不久，我就心怀余热，夜以继日用中文为公司总部写了一份上百页、几万字的“三菱实习报告”。那是我自己自发那样做的，因为我之前几乎没人有幸到发达国家的顶级公司学习工作，我必须履行自己能尽的义务，将所见所闻所想写出来，希冀对弥补中日差距有用。

我的报告发回国内没什么反响，或许大家都很忙碌吧。当时的“中技”作为中国最大的技术设备引进窗口，在国内的地位如日中天，既然是国企，就染有国企病，大家终日忙碌商务的同时，下班后的生活也声色犬马纸醉金迷的。是我在三菱最先看到了与世界大公司之巨大差距，私自起急上火，才挑灯夜战奋笔疾书，写明知压根不会有人认真看的长篇报告的。

其实我那些作品的命运，不也是同样吗？

以上所述的两个报告——一个日文一个中文的——是我第一次“大部头”写作，每一个都几十页上百页，尽管不是虚构作品，写长东西还是第一次。要知道甭管写什么，长、中、短篇在把控和视野上是有区别的，就好比看戏，短的是池座，中的是楼下后排，长的则是三楼最后一排，需用望远镜才能观瞧，有的是全局观。

我在东京代表处三年的主要工作是搞调研，每周编译一份《日本代表处通讯》。由此说，我是当过三年“刊物主编”的。

我约稿的对象是一同常驻的同事们，知名一点的有任志刚，他没名，他弟弟太有名了——“任大炮”任志强。我两家原本就住楼上楼下，我父亲归他父亲领导。1986年的一天在代表处，我师父任志刚沮丧地说他弟弟被抓了，于是，“大炮”就哑了一阵子。就在前两天看凤凰卫视对任志强的采访——他哥俩几乎是彼此的复制品——“大炮”说：“1986年我从监狱里出来的时候，头发就全白了。”

他那眼神，和我师父任志强老对我瞪的大牛眼一模一样。嘻嘻。

东京三年岁月，还有一个值得一提的写作，就是我和未婚妻之间长达近一年的两地书。那些书信我们一直保存在一个旧铁皮点心盒中，轻易不再复习。如知道本人是凭借一支妙笔搞定邱大夫（内人）的，就能想象我那几十封“东京来信”该写得多么地才华横溢（自夸）。我用几万字的篇幅，为80年代的日本生活描绘了一幅生动绚烂的浮世绘，我想再过百年，或许有人能读到它们。

关于我的“非作品”写作的小结

直到我结束了两地书，并依赖之获取了未婚妻的“芳心”之前，我的写作都是“非作品”的——它们都不是为了发表而写、而作。但无疑，这段漫长的“史前阅读写作”为我过后的“作品型写作”奠定了一个基础，我获得了手感（比如写大部头的实习报告），我掌握了抒情的法则（比如写两地书）。

自1988年直至1994年，尽管生活中发生了许多想到的和没想到的、预谋的和没预谋的——比如从日本回国、辞掉公职赴加拿大攻读硕士、留学后“在人间”式的“洋插队”——艰苦生活的品尝，我都没再动笔写过任何东西了——哪怕是写些私信也没啥神采。总之，那五年我的笔涩住了——被加国严寒的冬天冰封。

中篇

蒙特利尔的『域外写作』（1994~1998）

1994 年——我的“创作元年”

成果：短篇小说：《阿休其人》、

长篇小说《自由之家逸事——新乔海外职场“蒙难”记》

域外写作

“域外写作”是一个文学研究的领域。目前，在蒙特利尔有一个专门从事域外写作的知名作家，名叫薛忆沩。我喜欢读他的书，他从事的是职业写作，也是专门围绕着文学写的。其实比他更早在蒙市进行域外写作的还有一个作家，笔名叫“齐天大”。

我的写作场所和薛先生有所不同，他是在家，我是在一家上市跨国公司出口部的办公桌上，一写，就写了四年半。

1994年，在结束了半年左右高尔基“在人间”式的艰难并从那个集中营似的“自由之家”公司“逃离”之后，在“尤克”公司出口部独门独户的办公室里，我开始了之后长达四分之一世纪，直至今日的、以出书为目的的正式写作旅程。那之后从未间断，也从未放弃。

1994年前写的都还不是“作品”，但1994年之后直至今日五百多万字的写作，由于都出版了，好歹都是“作品”。

写作如同烟瘾，想戒掉不太容易。

关键是能抽上好烟，写的东西值得一看。

在蒙特利尔后四年半中（1994~1998），我完成的作品“曲目”是：

一个短篇小说：《阿休其人》；

三个中篇小说：《四大金刚的混战》《柴六开五星WC》《撒尿小孩儿》；

三部长篇小说：《自由之家逸事——新乔海外职场“蒙难”

记》《美国总统牌马桶》《马桶经理退休记》；

半部随笔集：《妈妈的舌头》。

1998年回国时，别的行李都托运了，随身携带的就是那些非常整齐的手稿。

“勾引”我开始写作的是范勤雨兄，北大历史系79级才子、邓广铭先生的研究生高徒。我俩在卡尔顿大学是室友。一天我问他近来忙啥，他说在写一部名为《大灰狗》的小说。写小说对我来说原本如同星星月亮遥不可及，勤雨的话提示了我：我是否也能试试——我原本是北京十三中的“写作选手”呀，是班主任张金俊老师的爱徒！

一天在办公室实在闲得没事——我负责管辖的亚洲地区销售进展还算顺利——于是，刷刷刷，就写完了第一个小说，是短篇的《阿休其人》。

“阿休”写作时间很短，也就是一篇作文的工夫，出版可是久远之后，被收录在中短篇小说集《走进围城——新乔“内外交困记”》之中，出版时间是2013年7月（北京燕山出版社）。

我就写过两个短篇小说，第二篇是在回国后写的《老石得了丙肝》（2002年），也被收录进了《走进围城》。

阿休、老石的原型都是我曾经的同事，一个法裔，一个国产，他们身上都喜剧色调浓厚。于是，我虽不太好意思，还是把他们收入到了自己小说的“囊中”，这不怪我，怪他们。

我的笔法和格调，自从《阿休其人》之后，甭管是什么篇幅，都始终如一——挺喜庆的，都挺搞笑和幽默的——当然，那不能包括我的博士论文。

“格调”——Style是好东西，也是坏东西，因为那是你的DNA，你突不破它。但没了固定Style之后，就一定好吗？对此我一直纠结。我四分之一世纪的写作历程既是一个“格调史”，同时也是一个“反格调史”——我善于写能使人发笑的东西，这一点我有点像捷克的赫拉巴尔，我纷繁的经历也和他极像，但同时，我又一直企图从这种个性和格调中突围出去，最好的例子莫过于写学术论文，但正因为我一会儿有自己的格调一会儿又没有，时而嬉皮笑脸时而又一本正经，加之写作覆盖领域过于宽泛，于是，即便有人想研究我，也几乎不可能——没人能像齐天大圣那样掌握七十二变的本领，先变成商人、下里巴人，然后再变成学者，教师，最后又变回下里巴人。

勤雨是我写作的启发者、唤醒者，阿休是我小说基调的定音人。

“灵感”也是文学研究的议题：inspiration!

灵感就是诱因。

一篇小说、一首诗的书写起因，来自灵感；

一个作家在人生的某一个时刻开始写作，那个诱因，更是灵感！

小灵感和大灵感。

由此说，“齐天大”写作的启动原因，是同勤雨北美夜空下那番无意间的闲聊，而我出口部同事阿休身上的那股子法国人嬉皮气质，是我小说写作出道后风格的inspiration!

长篇小说

《自由之家逸事——新乔海外职场“蒙难”记》

如果说“阿休”是试笔、是游戏、是漫画，那么二十二万字的长篇小说《自由之家逸事——新乔海外职场“蒙难”记》拉开的，就是我正式写作的大幕了。

从一个狗刨，一下换了姿势，朝深海游去。

它起笔于“阿休”后不久，是一部“不得不写”的书。

书有多种不得不写的原因，比如为了稿费不得不写（鲁迅），比如为了证明还能写不得不写（莫言），最理想的不得不写是巴金写《家》时那样的，不吐不快，不写不行，不会写也硬是要写，于是，就写成了最上品的生命之书。这就是所说的“不平则鸣”，同“经国大业”没啥子关系。

只有众里寻她——偶遇到一次不得不写的天赐良机——才有可能写成好书。当然，写的人被压抑得不吐不快，不见得读的人就非想要读。《自由之家逸事》的命运就是那样。它起笔于1994年，“半完成”于1995年，后来手稿被我带回国后，就被我遗忘了，2006年才偶然将其翻出。为了变成完成品，我又为它写了两个“跋”，直至2012年才终于由北京燕山出版社出版，印了3000册。出版时责编李满意老师说：“这部书要是放在90年代初出版，或许能和《北京人在纽约》一样火的。”但毕竟不是出国潮时代了，《自由之家逸事》卖了2000余本，剩下的几百本都变为了赠书。

因此说，那本“不得不写”的书，是为我自己写的，哦，还有我那些工友。

我这几十年生活中大起大落的次数较多——标准的文人梦想生活——如同在地中海中与大浪搏击，高峰时，不多；低谷时，不少。人在低谷或是在挣扎状态时候，就喜欢呐喊，我不呐喊、不骚扰旁人，就奋笔疾书，就写成了几本自己得意的书，比如《自由之家逸事——新乔海外职场“蒙难”记》《我爱北京公交车》《谁出卖的西湖》等等。

等一下，忘了说是咋写《自由之家逸事——新乔海外职场“蒙难”记》的了。当然，还是在我那间如同卡夫卡（我和他生日同日）保险公司办公室的尤克五金集团公司总部出口部的Jimmy Qi阁下（也就是俺）的单间的办公室。我头一次写长篇，就能用每天至少四千字的速度（加工时几乎没有改动），用美式情景剧的方法记录下“自由之家”里发生的那些诡异故事。写累了，我就去车间里向菲律宾裔的憨厚的罗里诉说——我俩是上一家“自由之家”（公司）的工友，1992初到1993年底，我曾在那个亿万犹太富豪家的公司里做总裁助理。

那是一段离奇到你不写就耿耿于怀的经历：法西斯风格的管理，贫富差距巨大的主仆关系，多国籍打工仔们的苦乐和风趣……

我用喜剧的形式表现悲剧的心境。开始比较顺利和成功，罗里听着也过瘾和满意，但写到最后，当喜剧的元素写完了写没了，该开始正式哭出来的时候，我写不下去了，我不知怎样做好卓别林式的悲喜转换。于是，那个长篇就戛然而止，躺在了沙滩上面。

直至2006年，我悟性突然来临，匆匆不是用“水生”的、而是用全知的叙事角度，将主人公“新乔”换成了“我”，我变成了叙述者，说：“没错，我就是新乔，新乔就是我！”于是，我用“我”的口气匆忙交代了后续故事梗概和大结局，就好比给茶壶终于找到了合适的盖子。于是，“自由之家的故事”就得以作为完成品，在“北京人已经不在纽约（蒙市）”之后，展示给世人。

“水生”是张艺谋电影《摇啊摇，摇到外婆桥》里的那个孩童，我将几十页《自由之家逸事》稿子用传真发送到勤雨家（他家的传真机后几年中总是纸张告急），勤雨边热情鼓励说很有意思，边为我的小说找到一个合适的理论依据——“水生视角”。

水生是个孩子，有一双半好奇半惶恐的眼睛。我在“自由之家”中每日惊悚度日，就好比是那水生。

细想，其实水生的眼睛，不也是高尔基“在人间”的眼睛？

下篇

创作感悟

写在《妈妈的舌头》再版时

2019年5月27日

今年是公元2019年，距离《妈妈的舌头》的出版，一算，二十个年头了。

二十年，人老了不用说，连地球都老了、老化了。

但“妈妈的舌头”——我们的母语却不太显老，岂止？是返老还童风姿再现，君不见，眼下地球上有那么多“苦读”汉语的人们？

“苦读汉语”是个啥滋味，我是有切身体会的——不是作为学生，而是老师。就在《妈妈的舌头》出版后不久的2004年，我索性关掉了开得不温不火的小公司，去北京语言大学当客座教师，那么一“客座”，就坐到了今年——整整十六个年头。

北语是“小联合国”，是留学生学习汉语的大本营，用英文教，更用中文教；既教经济贸易，也教时事和文学。多年下来，我的学生遍布五大洲，他们都无疑地携带着对中华文化的热情和对汉文汉字的痴迷。

由此说来，我将“妈妈的舌头”（母语）的推广事业，还真的从书本上强行“落地”，做到理论结合实际，一路下来，竟将近二十个年头之久，所说的“汉语初心未改”，也就是说我这种人吧！

还值得一提的是，2008~2013年，我在北大中文系读博时所作的博士论文《日本语言文字脱亚入欧之路——日本近代言文一致问题初探》，也是沿着母语研究道路的继续前进。论文可以说是《妈妈的舌头》的续篇，前者是感性随意的，后者是理性学术的，两部书在追求上基本一致，就是用一种或多种手法将汉语的定位给进一步精准。

在《妈妈的舌头》中我“声称”学过不少语言，当然，那不只是虚言。接着，在北语和北大的十几年间，我利用两校多元文化的独特环境，“偷学”和进一步巩固了几门语言，比如韩语和俄语，还有世界语、葡萄牙语、古希腊语、古拉丁语、波斯语等。通过这，我进一步加厚了自己“爸爸的舌头”（《妈妈的舌头》姊妹篇的书名）上的舌苔，同时，还练就了一对捕捉语言信号的“雷达耳”。就是说，在地球大语种中，除了阿拉伯语，我的耳朵只要随便一竖起，便能够在瞬间分辨出你说的是哪类语言——不仅外语，连中国的方言都算在内。

有一个小例子：我在北语培训学院小语种部工作的时候，有一天，学院急需一个讲意大利语的老师，我走到校园中，仅用了三分钟，就“认领”回了一个意大利学生——我在一大堆从身边走过的外国学生中一耳朵便探听出谁说的意大利语，然后，将其请回了我们学院。

拥有这种人类语言“顺风耳”，既使我感乐趣无穷，也平添不少忧愁——当人类各种隐埋于“悄悄话”中的秘密在世间为数不多的你这种“语言隐私偷听者”的耳中不再是什么机密的时候，这时，你就有些惶恐，因为你是个潜伏的“听风者”，你属于“稀有动物”。

能想象出吗？有人在公共场合用他们的母语旁若无人地“大

放厥词”——他们以为没人听得懂——比如说俄语西班牙语德语的，但恰巧，身边站着的是齐老师我。

关于我当“经贸汉语教师”的心得体会，已详细写进《梅花三“录”》一书了，有兴趣的读者可以去那本书里去“探宝”。哦，忘了说了，《妈妈的舌头》是我出版的第一部书，到20年后的今天我已经出版第25部书了，每年不止一本。当然，有这么大的“产能”，优点是包罗万象，缺点是题材不专一，涉及文学、语言学、日本研究、商务管理、绘画音乐等太多领域，这兴许也会令读者迷惑，但是，生命这么短暂，为何要那么专一呢？

至于为什么将曾经那么得意的笔名“齐天大”变更为本名，要怪互联网“搜索”功能精确度的不到位。不信，你搜一下“齐天大”，出来的肯定是带着个“圣”字尾巴的家伙。俺老齐的风头和热度，都被“老孙”给“蹭”走掉了。因此，哪怕是忍痛，再版时也必须使用本名，免得让“猴哥”白占了便宜。

再读《妈妈的舌头》，哪怕是过了那么多年了，还是能令作者本人心潮澎湃，因为书中所用的是“青春笔法”，其中有“大无畏”的狂放不羁和傻大胆。在此，请读者们原谅本人“少年得志”时的“口无遮拦”——谁没年轻过哩？不过，对比一下今昔的中国和世界，我在20世纪末所说的那些“大话”和“预言”，竟然被悄然兑现了许多，比如汉语和汉字文化圈在全球舞台的强势复苏以及连带的对外汉语事业的蓬勃发展，比如以俄罗斯为代表的斯拉夫文明仍旧不停地“东西摇摆”，还有，就是我在书中用“恶言恶语”讽刺挖苦过的美国在21世纪的相对衰落……至于最终哪家兴旺哪家败落，见分晓恐怕要等到这个世纪结束之时。不过无论结局如何，人类在共同命运的泰坦尼克中，尽管语种不同，使命是一致的，那就是鲁迅说的：“先生存，后发展。”——先和大自然和平共处，再从彼此间取长补短共谋生路，然后达到共同繁荣。

关于这一点，作为一个教诲过十多年来自世界各个角落国家学生们的一线汉语任课教师，我是有实际体会的，那么多不同种族不同宗教不同肤色的学生们可爱的面庞，此时，就在我眼前晃动。

最后，再次衷心感谢作家出版社的唐晓渡老师和徐乐老师，他们的辛勤劳动，两次成就了此书。

我的名字不叫“等”

2019年6月19日，星期三

帕慕克有部小说《我的名字叫“红”》，于是，我的名字就被叫作“等”了。

昨天偶然在网上搜到一个澳门“隽文不朽”文学节历年出场作家的名录，原以为也能找到自己的——我是第一届（2012年）的受邀嘉宾，大陆作家同去的还有苏童。在第一届出席作家的名字中，苏童的当然有，名人嘛，那两位从台湾去的女作家的名字也有，唯独没有俺“齐天大”的——他们是这样写的：“苏童……等”。好么，人家也不是没有提到我，只是把我的名字叫作了“等”。

嘻嘻。

其实，要论风光程度，“作家齐天大 Jimmy Qi”和其他几个作家都相差无几，我也被安排住在大赌场的豪华间，也车接车送，开会时也高谈阔论地做主题发言，也频繁接受中英文报纸电视采访……当然，除了在吃饭的时候苏童总是被请到上座，而俺们几个“非著名”的，都坐在末座；还有照相时，苏童是核心人物，我们呢，也好歹在镜框之内。苏童还开玩笑，说别让人家把你的“肖像权”给盗了，而我对自己的肖像是否有权追究——作为一个无名的人士——当时还不太在意。

现在更不在意。

那次，我是因为哈维（Harvey）——我的小说《电梯工余力》的译者和推广人——的推荐，才作为“幽默作家Jimmy Qi”被邀请到那么出乎意料、奢华高级，为期四五天的文学活动中的。至于“齐天大 Jimmy Qi”究竟是何方人氏，能作为大陆的一位作家来参加澳门特区政府组织的首次盛大文学活动，恐怕对于苏童和其他华人作家们来说，从始至终都是脑海中的谜团。即便那之前我已经出版了九部小说和杂文。对“齐天大”苏童当然不太知晓，在我介绍自己时，我说我写了“马桶三部曲”，其中有一个短篇是《电梯工余力》……苏童似乎突然想起来了：“哦，是的，是的……”我猜想，那肯定是客气。

澳门大学的一位姚教授还特意在网上搜我，显然，他搜出来的“齐天大”，都是“齐天大圣”，因而，姚教授特别无奈和失望，说：“我咋找不着你呀！……”

我于是，即便住在“银河”——澳门最奢华的酒店——里，即便天天有人请吃请喝或者上电视，心里也没什么底。

哈维是带着两家《亚洲文学评论》（Asia Literary Review）杂志的两位美籍女编辑去的，拖着几大箱要卖的书，看上去死沉死沉的。我问哈维他们住在哪儿，哈维说就住在市里的小旅馆里。我诧异地问：“你们为什么不和我们几个华人以及那些葡萄牙语作家们一同住在银河大酒店里呢？”哈维见周边都是人，就小声对着我的耳朵说：“Jimmy，你认为我们这三个靠买书收入生活的人，能像你们那些著名作家们似的，住得起澳门最贵的酒店吗？”

“Galaxy”，银河，的确不错，大赌场里醉生梦死几天之后，你不仅忘了你是在中国，还忘了你竟然是因为业余地写了几本小说，就能够心安理得地住到这样的地方，你还意识到，原来作家的成功，还有这种效用呢！

那几天，我们几个华人作家——著名的非著名的、网上搜得到的和搜不到的——都同吃同住同玩同娱乐（逛赌场），澳门台湾大陆几个华人之间——由于其他来的大多数是葡萄牙裔的——也觉得十分的融洽和亲密，大家一起和外国同行们对话、讨论、看演出、面对观众（在澳门理工大学）……几天过去了，于我那么个“无名之辈”来说，不能说是内心甜蜜蜜，也算一段人生计划之外的高峰之旅。

“著名作家”的体验很快过去，我在离开“银河”之前，用飞快速度写了一篇《澳门，你不只因“文”而不朽》，算是完成了“布置作业”。我的这篇文章被译成了英文和葡文，收进了第一届“隽文不朽”活动的作品集，之后，我也将其收进了2015年出版的随笔集《四个不朽》。

当我回到北京，走进自家的居民小楼，感到从五星的高贵生活回到了一星的低洼平地，生活还要继续，“著名作家”的体验立马过去。

仅仅过了一周，苏童的名字又出现在上海另外一个文学节的名单上面。哦，原来人家是一个场子下来、又登上了另外一个场子呀。我手头还有他签名的书呢。

呵呵。

说回我的名字——“等”。这和苏童没什么关系，我不平的是因何俺“Jimmy Qi”在那么多场大会小会上也口若悬河，代表大陆作家用英文同葡语圈作家研讨，也和苏童及台湾几个作家们平起平坐过，作业还按时高质量提交了，咋回头一瞧，人家的名字都在澳门文学节的历史记录中，都“不朽”了，偏偏到俺老齐这儿，就变成“等”了呢？

看来，我还是任重道远，俺好歹要在余生中，把“等”的绰号再改回原名呀！

不过你再细想，人类历史不就是被芸芸众生、被“我等”打造出来的么？

终于找回了那段对《可怜天下CEO》最精准的评语

2019年6月5日，星期五

“本书记录了作者在公司经营中的种种见闻和感悟。作者既以CEO身份发表经商体会，同时又冷眼旁观CEO在社会、公司中的实际地位和真实遭遇。这种双视角的呈现能够使读者最快克服对陌生领域的隔膜感，跟随作者思路体察CEO的苦辣辛酸。该书以短文随笔组成，文风精悍、犀利，将商业王国中难为外人觉察之处，描写得精妙入微。作者将个人感情融入诙谐文字，让人忍俊不禁之余，能感受到作者的赤诚与洞达。”

《可怜天下CEO》去年夏天再版之后，我在国图的书籍介绍中发现了以上这段话，看后吃惊不小——竟然有这样的高人，能将本人这部书的“魂儿”给抓住，并用如此精准的文字表达出来！

但刚过了不久，我再次上国图网查询时，这段话却不翼而飞了。懊悔不已——因为当时没有把它记录下来。

之后，我又托曾在国图工作的延智兄去帮助找到那个写短评的高人，未果。因而，一直郁闷至今。

今天上午无意间，我在“中国图书出版数据库”中又搜到了它。原来写这段话人不在国图，或许是在春风文艺出版社。

赶紧老老实实将其抄录下来。

这部书时隔十五年后的再版，在多种原因之下也不令人满意——读到它、品出其中滋味的人少之又少。

但作为作者，我的“最低奋斗目标”是哪怕全天下有一个读者真切地读懂了我写的某一部书，那也值得。何况，世间还有如此高明之人，能悟出书之外的奥妙玄机呢。

在此叩谢。

写在《雕刻不朽时光》临盆之际

2019年7月26日，星期五，凌晨

估摸着，由六卷组成的《雕刻不朽时光》这两天就要上印刷机了，由此坐卧不安，要靠做一些压根儿无须做的事情来排遣“六胞胎”临盆前的焦虑和兴奋。

从写（打）第一笔（2006年）——初次用电脑写书——到完成（2011年），六年；从将它沉甸甸地送到燕山出版社的编辑室（2013年底）到最终出版（就在这几天），差不多又六年。于是，这“六胞胎”的孕育和出生，长达十四年之久！

岂止是“十月怀胎”呀，哪算得“批阅十载”？

我今天还想，写书二十五年期间，我做过两个无比关键的决策：第一是将使用长达十几年的那个笔名“齐天大”毅然决然地放弃——这个决定是在2013年做的。第二个“关键决定”也是2013年底，我决定将六部“雕刻”作为一部“整书”——一部“大书”——送去出版。之前“雕刻”的分册曾被三个出版社拒绝过，比如，第一卷《钢铁是庙里炼出来的》完成后（2007年），就被从《万花露》系列中（2008年出版）挑了出来。

我决定将“雕刻”当成一个整体（一本书）出版，把原本六个分散集子，做成一部《追忆似水年华》样的“大书”，那个想法即使在现在看来，也是个“不可能完成的任务”。因为把它加工出来，比写书容易不了多少，不仅旷日持久，中途还险象丛生，故事多多。但幸运的是，我遇到了李满意、王梦楠两位编辑老师，她们像“雕刻天使”般的助产士，一字字一行行一页页为“雕刻”接生，让它成型，使它出彩，最终把它迎来这个世界。

“雕刻”是个巨大的“怪胎”，是个罕见的难产儿，但我敢肯定，它是部了不起的时代巨著，倘若说它的写作是个奇迹，那么，它的出版，就是个传说。

“雕刻”是一部生命的意外之书。它里面，有那么多由鲜活生命当质量加工出来的故事，是那些人生命的匆忙离去，成就了它。

第一卷，就有陈晓旭去世的故事。

《钢铁是庙里炼出来的》写到一半时，陈晓旭出家了，写到三分之二时，她竟然去世了。然后，“红楼选秀”就在全国隆重登场。结果，李旭丹（林黛玉最佳扮演者）被意外淘汰出局。

那一切，都目不暇接地发生在几个月之内。我开始写博客的时候不知，我岂能预料？

在之后的几卷里，我记录了那么多人的去世：萨达姆的死、“小甜甜”的死、帕瓦罗蒂的死、马季的死、史铁生的死……

《雕刻不朽时光》第六卷，以我的同事（美籍教师丹尼）的去世为全书写作的end——终结。

有关丹尼的趣事在之前几卷里就有记载，比如他因上课点名时间太长被学生们投诉，但我万没想到，当我的《雕刻不朽时光》还在继续写着，他人就突然离开了。

众多生命的编码被镶嵌在140余万的文字长河之中，它们是字符波涛流动时，留下的一个个江中绿洲。

感谢先人，致敬生命，你们的生与死，成就了此部巨著的血和肉。

从《不识字的人》想到的

2019年7月30日，星期二

假如明天不出意外，将从印厂将《雕刻不朽时光》的样书取回。

由于行将完成“二十五年二十五部书”的壮举，近日总在阅读那些伟大作家的故事，比如：中信出版社出版的“最后的访谈”系列，最后访谈了海明威、博尔赫斯、冯内古特、波拉尼奥、马尔克斯等人，其中最有趣的是对马尔克斯的采访，那时候，他已经从一个穷光蛋变成了一个走到哪儿都会变为新闻的人物——因为他得了诺贝尔奖。

他想去一个镇子采风，但“采”到一半，人就快“疯”了——他要去那个镇子的消息，已经在当地刮起了飓风！

诺奖挺害人的，会让绝大部分得奖的人患上“巴托比症”——再也写不出来的毛病。

文字的便秘。

《雕刻不朽时光》出炉之后，俺也会巴托比一阵子吗？

这部《不识字的人》的作者是匈牙利女作家雅歌塔·克里斯多夫，她的写作历程比较奇特，她从匈牙利流亡到瑞士，快三十岁还是法语的“文盲”，之后，她不仅学习了法语，还用法语写了23部书。

我也是三十岁之后才学习的法语，也是只会听说不会写，但至今，我还是只能听说不会写，而人家，竟然写了23部法语书。

匈牙利语和法语基本没什么相似之处。

人与人之差别，就是这样。

她在工厂当过女工，我也在工厂——魁北克的、美国的——混了十年。

我那部《自由之家逸事》就是写于工厂，写工厂的亲历。

“马桶三部曲”的两部半和《妈妈的舌头》都诞生于工厂里的办公桌。

人家用法语写作不久就成功了，作品就被译成了18种语言。

而俺的，只被译成了英文。

《不识字的人》有篇文章，写了作家的烦恼。他（她）问天：“匹配我才华的主题啊，你在哪里？”——好的主题，都被前人写光了。

其实不然，本人的25部书就有数不清的主题。

好比是驾驭跑车的司机，路，往往是自己冲出来窜出来的。

你见过好的跑车在高速路上按别人的套路开的吗？

你不断改变线路，你骤停顿骤启动，别人还木呆呆时，你已经绝尘而去！

雅歌塔近三十岁猛然改变路数——用完全陌生的法语写作，竟然写成了《恶童日记》。

齐白石曾经“衰年变法”，三十岁学用另外一根舌头（语言）说话要比改变绘画的路数还难，何况用新语种写作呢？

第五部分

读写诗心得录和诗歌新作

上篇

读写诗心得录

《诗经》竟然是最好的诗集

青岛，栈桥对面旅馆

2019年5月17日，星期五，下午

为了写诗，就得读诗。一年来零散读来读去，有卡明斯的、宫泽贤二的、兰波的，有北大秦立彦老师臧棣老师姜涛老师的，读过来读过去，就读到了中国古典。

“五一”假期在天津解放桥上，从一位摆地摊的老先生手里买了几本旧书，大多是20世纪80年代学者写的诗歌研究集子，其中一本是蓝菊荪的《诗经国风今译》。《诗经》从没细读过，这次读有了新的发现——它竟然是目前为止最牛的一本诗集！

我虽然空顶了个“文学博士”的帽子，由于本硕都不是文学专业，因而，不知这种感慨和所谓的“发现”，是否会把所有文学专业人士的前排门牙都笑掉！

眼下补牙价格超贵，俺老齐哪里承担得起？！

《诗经》内容不细说，最棒的是结构、是布局。你看，一段段之间安排得多么合理，是变与不变的巧妙结合，错落有致，稳当而不呆板，读起来振振有词——那是它的音乐性！

你随便找来哪首，都能发现：要不第一行不变，第二行变；第二行即使变，也只是变动一个字；第三行呢？还只是变一个字。押韵就更不用提了，其实，你那么一行行一段段读下去，不是就现代人写的歌词——回旋式的那种。

《诗经》你——咋那么地像是智能玩具——魔方？外表看

你方方正正、规规矩矩、傻傻乎乎，形状上瞧，你也永远是不变的，但是，在四方形的每一个平面上，都变化多端风云万千！粗观察，你只是一遍遍重复一个样式、一种声调，在其中，你只是变一个字，可是，三段或几段下来，不变的那些和变的那些，就好比交响乐几个乐章围绕着若干基础曲调不断花样翻新的变奏，一次次递进，一排排铺垫，一层层演绎，而最终，就是一唱三叹，就是不变之上的千变万化，以及，眼花缭乱！

《诗经》的结构真美，真禁琢磨，四平八稳，气象万千。

《诗经》的作者们真聪慧，仅用了那么为数不多的文字，就把美的标准坐实，就千古无人超越了。

昨天，去崂山“太清宫”看“世界最大老子雕像”，雕像下有全文的《道德经》。苍山大海边再读它，那种震撼，可是了得！言简意赅，博大精深，五千个字，就道破宇宙之“天机”——《诗经》又何尝不是如此呢？那么寥寥数语，却丰富多彩包罗万象，有爱恋、有悲悯、有请愿、有诅咒，还有幽默和俏皮！

我一直企图发现古诗现代诗中的“幽默”，找来找去，竟然在最“原始”的《诗经》中找到了！

俏皮，逗乐，点到为止，读后嘻嘻哈哈。

《诗经》不仅瞧着美，而且它自己会唱歌——带着韵脚的！

一押、二押、三押——韵，就自然是首歌，歌的词，词的歌。

蓝菊荪先生煞费苦心，把古老的“诗”译成了现代歌，读是读明白了，但原始（原诗）的布局美不见了，韵也没了许多。

人家是字字珠玑，您是啰啰唆唆。

来青岛的高铁上读余冠英先生的《汉魏六朝诗选》——也是在“解放桥”买的那堆子书里面的。比起《诗经》来，后来的这些五言诗就逊色多了，它们不再“跳行单字变化变奏”，就没有反复吟唱的功效了，就不一字一叹一个萝卜一个坑，就轻浮和平庸了。

《诗经》是大石头块子，一块一个重量，后面的儿孙背诗词——即便是唐诗宋词，也没有老爷爷辈儿《诗经》有底蕴有内涵，深沉内敛，有节还有度。一句话，用字太铺张、用意太泛滥，不见了文字纯净和纯情的美。

于是，我喜爱上了《诗经》。一种突然袭来的无限爱意，尽管来得晚些，却也含情脉脉意味深长。

古有《孔雀东南飞》，今有《五毒俱全的翟大哥》

——也说叙事诗

1

究竟什么是诗什么不是诗？就好比什么是人什么不是人，那个命题，自从有了白话诗那天起，就一直没说清楚。大家，也没想清楚——我自己。因而，我才把这部“处女诗集”命名为《再尝试集》——不是只求当个“胡适第二”，而是赶着鸭子上架，明明不会写诗，偏要补齐“各种文类已经样样精通就差诗集一部（步）”之短板，强行着凑齐一本“齐一民的诗”。

诗不够多、不够好，就连是不是诗都心里没数，因此，就用“读写诗心得录”凑数。

不过，是不是诗的问题就连日本的“国民诗人”宫泽贤治在自费出版自己第一部诗集（也是他生前出版的唯一一部）《春天与阿修罗》的时候也犯嘀咕，他甚至不喜欢出版社管他的作品叫作“诗集”。瞧，连“不畏风雨”的他也对“诗”的名号敬畏三分。

何况是企图替胡适之“再尝试”一把“两只蝴蝶”的老齐？

2

既然写不好抒情的，也写不好描绘的，更写不好歌颂的——我的粗糙分类，诗大致这几样，可随时扩大和变更——我搞不出来“风、雅、颂”，但叙事的总可以呀，咱原本是编故事写小说之人。

起先，我并不认为诗能说故事，说故事的不应该是诗，但你读读《孔雀东南飞》，你就会“不畏风雨”地认可故事可以是诗了。于是，你的胆子就大了一些，你写诗的对象题材和灵感，就多了少许。我咬牙道：“老子拼了，大不了你们说我的诗不是诗，是叙事，是说故事。”那不正好可以“孔雀东南飞”一把？

每年365个日日夜夜，那么多天发生那么多的事，你记录下来——用像诗的、有动感神韵和乐感的语言，用不庸俗的心态和心情——然后整理出来，那难道不可以是poem——“诗”吗？比如，俺今天的这首新作——《五毒俱全的翟大哥》，不也好像是一首及格的叙事诗？

就这样，一向对“诗”和“诗人”病毒般敬而远之的我，终于有了以上的觉悟。

我的诗，最不啻是给自己留存的公元20XX年的日记，只要在那些长短句子的头部尾部留下日期，留下写作背景的提示，它们即便不是别人眼中的“诗”，于我本人，就是故事性的诗、记叙性的诗，是自己留给那一年或那几年的“生活日记”。这不就足已了吗？

我写诗的最低要求和写所有文类的作品——小说、随笔、对话——都统统一样，就是无论有无人问津，也必须有一个死心塌地的读者——那就是我自己。本人既是作者，又是the only and last reader!

写自己满意的东西，这个要求虽说不高，也挑战无穷大——齐天大本人我，自诩为天下第一流读书人，书不说读得不知破了多少万卷（我的一个埃及学生曾问我：“老师，你还有没读过的书吗？”），正经俺是个文学博士。嘻嘻，我的书（作为作者）想被我（作为读者）认可，还不知有多么的难，难于上青天呢！

我成为“诗人齐一民”作品是否合格的第一个、唯一的一个或许也是最后一个评估者的前提条件，就是要拥有一双“评判好诗坏诗的慧眼”。我先大量读诗，古今中外的；再就是补诗歌课，若干年间，我在北大听过五门和诗有关的课程：中国古典诗两门、中国现当代诗两门、英美诗歌一门。通过以上的“恶补”，至少，我在自己的脑海中编织好了一张基本上没有太大漏洞的“诗之网”，通过这个网，我能够捕捉飞进网中的各种类似是“诗”的语言的飞禽走兽，并对其进行“是与不是”“好与不好”的判断和甄别。

北岛有一首“诗”就一个字——“网”，它——那首“诗”——飞进我的“诗网”里，我将之随便做个X光扫描，就立马做出了诊断：假冒的、蒙人的，尤其是蒙国际不懂诗歌的老外的。随即，就在那个“诗”上打上了“”——引号：此物不是诗也！

如果“网”真是北岛写的，我甚至怀疑作者的动机和“诗品”。

反正，即使海枯石烂沧海桑田，非著名诗人“老齐”，即使有下辈子，也绝不写那种“诗”！

你（我）写的是诗，还是散文？

2019年6月4日，星期二

前两天去延庆小住，又“得”了几首诗。

于是，有朋友说了：“原来能掘出诗意的还真的是远方……不远的远方也是远方，不是吗？”

嘿嘿，打架讲究“窝里横”，写诗追求“小流浪”。

哪怕，只是“流浪”到延庆。

假如飞出地球，诗就不用“作”了，那旅行本身，就是诗。

诗，究竟是什么，你，到底，在哪儿？

你别藏了，掘地三尺，老子也要把你挖出来！

还有的朋友留言说我的诗“自然流淌而成”。学者朋友看了回应说：“华兹华斯就是这么定义诗歌的！”

《华兹华斯叙事诗选》（秦立彦老师译）正在翻看，但是，初步印象，他只是在叙事，至少在语言上诗意并不凸显。再说，诗，是用来叙事的吗？叙事的诗，究竟是散文，是长短句子的搭配组合，还是诗呢？

这些，都在思考之中。

诗人于坚说：“散文的灵魂乃是诗，是诗歌古老的自由精神支撑着散文。”

那么，散文是什么？诗，又是什么？叙事的诗，不也是散文？

由此类推，华兹华斯的“叙事诗”，不就变为散文了吗？

废名说：古人用诗的语言写诗，写的却不是诗，是散文。现代人呢？用的是散文的语言，写的却是诗。

言之有理。

如此说来，判断好诗坏诗（当然，没有什么真的“坏诗”！只要写了，就一定好）的尺度，也是先看、先感觉：你（我）写的究竟是不是“散状的文”，只要是，就不是诗了。

由此说来，那些叙事性的“诗”——甚至包括歌德的《浮士德》——究竟是不是诗，还要商榷下嘞！

当然，诗人于坚自己写的那些超长的“诗作”，也似乎，算不得诗了。

诗语、诗情、诗心

——诗的三个境界和我们时代的诗人归类

2019年6月6日，星期四，小雨

王国维有王国维的分法（三个境界说），我有我的路数。

我把诗分为诗语、诗情、诗心三个境界。

用像诗的语言——有弹性有节奏有韵律的——写诗，说的就是“诗语”。

因多情而发感慨是诗情。

把心交给了诗，那才叫作诗心。

只有同时具备诗语、诗情、诗心的诗，才是一品。

能写成一两首一品诗的，才是“大诗人”。

但这非常之难。

有的诗写得让你读来晕眩，语言奇美、奇异、奇炫、奇酷，可能其中也有诗情——带着各种感情写的——比如那些男女分手诗，可是，却没有心之飞扬、超越和超然；那些作品看起来油光锃亮犹如马巴巴戴鲜花，又如同被包装得美轮美奂的礼品粽子（明天是端午节），那种诗，也只是好看，但不“好吃”，不值得品味回味，一句话，绝不是什么上品、神品之作。

我的“神品诗”例子，是李白的《将近酒》；

是杜甫的《登高》。

一般当代诗人写的，而且是那些最优秀的诗人写的，大多是这类“至少三缺一”的诗，比如有诗语、诗情，却没诗心的——诗。

不只是中国诗人，那些备受国人顶礼膜拜的，比如博尔赫斯的诗，不也是如此么？

他的诗我读的不多，但绝不崇拜，感觉似乎语言有（当然，要考虑翻译因素），诗情有却不足（身体局限？职业局限？），至于诗心么……

再次声明，我的尺度是《将近酒》和《登高》，因而，博尔赫斯登不上杜甫的高度。

诗心，是情怀是怜悯是悲情是博大的爱心……

抑或，我误解了博尔赫斯——他有伟大的情怀，具备诗心，但前两项（诗语、诗情）稍稍欠缺？

反正缺点什么。

海子，可能是个“三好学生”——语言好、情怀好、心意好……

因而，他才是“了不起的海子”。

顾城有前两项，诗心却不到位。

至于余秀华，经齐老师判分后：她诗语得了90分，诗情得了85分，诗心稍差些，但及格了。

其他的诗人，大多第一项分数高，第二项、第三项逐次递减。

伟大的诗心等于伟大的人格。在和平时期，没安史之乱（万幸！），无大灾大难（万幸！），写诗的人不再四处颠沛流离，不再经历生命之七上八下大起大落，不再体验经历心灵世界的千锤百炼和大喜大悲……哪还能打造锻练一颗无漏洞无空缺无死角，且具备四个维度的接受面、五个G的反应速度（时髦点儿）、六百个感觉传感器、七千个景观扫描雷达、八万个精神敏感点的，全方位立体宏大的诗人之心呢?

因而，我们可以把这个以及相邻时代的诗人们统统归类到“小、中”，而不是“大诗人”的序列。

君不见，眼下国家大力提倡的，不正是把垃圾进行严格分流和分类吗?（玩笑话）

解读摘自《朱湘书信集——寄赵景深》的金句

2019年6月28日，星期五

1.“创造一种新的白话，让它能适用于我们所处的新环境中，这种白话比水浒红楼梦儒林外史的那种更丰富、柔韧，但同时要不失去中文的语气：这便是我们这班人的天职。”

2.“天下无崭新的材料，只有崭新的方法。”

3.“创造像神龙变化，毫无挂滞，研究介绍像老骥超腾，按部就班。”

第1说的是写诗的目的，第2说的是写诗的方法，第3说的是创作和研究的搭配。

一、寻找“失去的中文”，如同“寻找失去的世界”。这于我，是二十余年写作的最终追求；这于朱湘，也是同理。我从《妈妈的舌头》一路写来，写到博士论文，再写到《再尝试集》，我寻找的，是《古文观止》里面的中文：言简意赅而富有音乐性，那正是朱湘一百年前苦心寻求的“中文的节奏”。

“新的白话”就是我留下的五百余万字著作。这个使命朱湘没能完成——他沉入了长江。而我，至少我认为，算是完成了。

二、诗人们从《诗经》开始写的，其实都是同一部诗集。《诗经》过后再无“新的材料”，“材料”就是话题，剩下的，就只有方法——楚辞的方法，长短句的方法，填词的方法，十四行诗的方法，俳句、短歌的方法……

朱湘的方法，齐天大的方法。

新方法就是新诗。

这个集子，又是一个方法——前所未有的。它起始于《尝试集》——胡适的，但它（他）又瞧不起胡适了，因为他发现了诗神朱湘，只有朱湘才配是他的导师同道共谋和知音——对彼此都是。于是，他就看不起了徐志摩和闻一多（跟随着朱湘的批评），最终，他只服朱湘——那个“中国的济慈”（鲁迅语），那个“诗人的诗人”（同时代人评述）。

三、写作时像是神龙，应有头无尾、无头有尾、龙头凤尾，总之你必须变化多端，但你又“按部就班”——你老骥伏枥，你有的是壮心，你说“已”而总不能够。

龙之魔幻，马之踏实。

马之脚踏实地，龙之永不安分。

二论诗和散文的区别——听朱湘怎么说

2019年6月29日，星期六

霞村兄的两首诗，我以为只是散文。诗与散文的区别究竟何在，无人能够解答。Shelley 称Bacon 为诗人，这颇值得深思。Moulton划分想象的文章为诗，纪事文章为散文，可算得无可奈何中的一个较为开明的解决。

——《寄赵景深》

我愈来愈纠结于散文和诗之区别。你读的那么多诗——它们仿佛是，又似乎不是。于是，你死活想把散文和诗，给划分得干干净净。

但这很难。

首先，好诗一定要留有空白，如同国画的“留白”。你绝不能把所有的空隙都填充死，你要给观看者、给读听的人留下想象的空间。

其次，你语言的“针脚”不能过于密集。你要像现代牛仔裤那样，留下一两个洞洞，那样，别人才可能琢磨和猜想——那洞洞里面皮肤的色泽。

还有逻辑，逻辑也不可按部就班。哦，忘了朱湘曾说过写诗必须如“老骥超腾，按部就班”，但人家说的是步骤上稳扎稳打步步为营，而不是说码字，你码字时正好相反，要走一步留一个坑——概念的坑，一个想象的洞，一个思考的——大开间！

何为散文样式的诗？就是当你把那些句子一行行连接起来之后，它们会天衣无缝，它们会变色龙似的一下变成了密麻的文章！

那叫“一条龙”，但那绝不是诗，起码不会是绝佳的诗。

是诗，就要“碰碰和”，就须出其不意，就该脑洞大开，就得妙语惊人！

就必须有浓浓的言外之意，

有景外之景。

写这种诗的，绝不是作者一人，另一半的诗，要读者完成，

他们帮你“填空”，替你“补缺”，为你“生成”你画面中空白里的东东。

于是，作诗，就变成了“两步走”了，你走一步，他（她，读者）走另外一步，你不能将两个步子都走了，那叫不厚道，不给别人留下余地。

诗是一种对话，是一种悠扬，你发出第一声，它在半空中被第二个第三个人接了，再继续往下唱，你不能把空间都用亮嗓填充。

你一唱，他（她）一和，才有彼此回味对话的机会，和可能。

你的任务只是完成诗的一半，另一半，交给时间空间和他人去完成。

诗，是“填空”的艺术。

你做一个套子，你布一个局，用文字的套子和“局”挑逗别人的思绪，他们再创造，进行诗意的合成。

诗是遗憾的艺术。写时留有遗憾，你写得不全不满，然后，别人再接下去回味、推敲，完成诗整体的幻想，做成一个立体的多维的图像，于是，就再次“生成”了全诗。

诗是围棋。你执白他（她）执黑，对弈，博弈，互动，完成一个画面，下成一盘棋，留下一个棋谱。

那棋谱就是诗。

绝了的棋谱，就是千古绝唱的好诗。

你万不能用单一个颜色的棋子，把整个局给布满。

活的，有生命的，机灵的，灵动的，那才是好诗。

而不是好散文！

创作的快乐——朱湘的体会

2019年7月5日，星期五

朱湘说：“创作的快乐有两个：创作时的，创作后的，创作时好像探险一般，时常看到意想不到的佳境，涌呈于心目之前。创作后好像母亲对着生儿凝视，详细估量他四肢的调和，肤色的红润，目光的闪动，声音的圆转。”

——《寄赵景深》

朱湘说的这种创作的快乐，我以前当然有过：四分之一世纪，25本书，我是个超生的爸爸，每年都能体验一回生子之乐趣。

我是创作着的“爸爸”，是作品的生父，那代孕的妈妈们呢？

当然，是生活之母也。

你不停更换生活方式，你对着不同的“经历的母亲”投放出爱的意念，生产出来的就是“生命之子”，就是带血性的作品。

写小说随笔散文是这个程序，写诗呢？

我这是第一次尝试。

创作小说和诗的区别，容我想想……

其实写小说也是写诗，也必须带着诗意，区别是，前者是慢热，后者是触燃；前者是马拉松，后者是短跑、是冲刺。

写作前的惴惴，写作中的忐忑和坚持，写成后的展现、心跳，等待朋友评论时、写作后的懊悔和反思……

一段写成后再来一段，直到成为生活的基调，成为生活的习惯。

正看着《上海往事》。刘若英主演，张爱玲的故事。

张爱玲一生写写写、改改改，直到，女作家的遗体被意外发现在远离故土一个公寓中的那一时刻，当时，她还是家徒四壁。

她去世之后，那部书、那首诗、那支笔还在继续进行，永远运行。

那是Baby之后的Baby，是作品的子子孙孙。

女作家死了，但她还继续受孕、不停地生育、不断地传播着——文学感性的种子。

这种创作之后的创作，永续不停的新生命制作过程和快乐，你，一个作家，能预见体验到吗？

我问朱湘、我问张爱玲，我也问——

我自己。

好诗的样本：三首一流的诗

2019年7月7日，星期日

当现代诗歌没有绝对标准的时候，你就必须找出自己的标准，建立起自己的尺度，列举出你自认为的一流的诗。

于是，我找到了三首：

其一，朱湘的《采莲曲》；

其二，朱湘的《泛海》；

其三，张爱玲的《落叶的爱》。

至少到目前为止，它们是我认为的一流诗，是最高尺度，因为它们具备闻一多在《诗的格律》中所说的“三美”：

“音乐的美”（音节）；

“绘画的美”（辞藻）；

“建筑的美”（节的匀称和句的均齐）。

朱湘那两首肯定是符合“三美”的，那是他毕生的追求——尽管他的“毕生”并不悠长。

至于张爱玲，她的那首诗或许不押韵、不华丽、不好看（不具备诗形美），但她是罕见的鬼才，对鬼才，规矩和尺度的衡量无效。

《落叶的爱》是一首小提琴曲，听：

当落叶，

“一到地，金焦的手掌，小心覆着个小黑影，如同捉蟋蟀——‘唔，在这儿了！’”

这洞察和表达，就是一流！

在无序中找秩序，在无尺度间寻制度，在没标准时自建标准，这就是欣赏、习得现当代诗的土法子。

以上三首如果属一流，那么，别的呢？你和它们去比较好了，你发觉，那些，不是二流，就是三、四、五……一到到七、八流，以及不入流。

需先承认：俺自己写的，属末流，

然后，我就可以放心地判断别的诗了，比如，那些得了“鲁奖”的。在朋友圈中目击了一首好像是今年的“鲁奖诗”，用“三美”的尺子去量量，既没音乐美，也没绘画美，更甭提形体（建筑）美，简直就是末流未入流之后的——都不知哪流啦！

当然有人会说，当代建筑和古典建筑不同，不再讲求对称了，比如那“大裤衩”吧。

哦，可以呀，就说那首“鲁奖诗”，是诗歌里的大裤衩得啦！

下篇

再尝试集——我的诗歌新作

一本错过的书

2017年4月8日

错过一本旧得不能再旧了的书时，
回家后后悔得不能再后悔了的你才知，你错过的
是一本发烂得几乎恶心了的书，以及
书中记录的它在之前的
那些更早发霉了的世界上的故事和人，
以及，那一大堆的往事的尘
与土。

惜　春

2017年4月8日

莫怪我啊，将那么多传到手已经发软得不行了的春天的照片，

上传到朋友圈，

只因为再过一两周，再过十几天的日子，

普天下——至少在北京

这个被雾霾欺负得㞞得不能再㞞了的城市，

将宵禁一切花瓣，将，复原到只有绿色没有其他一切色彩的单调时代。

加入北京作协有感

2017年4月14日，星期五

一百米的终点和一万米的终点都同样
是一条纤细的线，
只要你能冲将过去，那线，就能返过身去，
为一百米、一千米、一万米的奔跑行程
划上一个逗点。
但倘若，你那只鞋子和已经快破烂的脚
踩不上那条肠子样细的线的话，
那么，你前无前程，你后无退路，
你就只是只跛脚鸭，你就只是个半残，
而那样结局的悲摧，于我——
一个写了二十四年方块字的写手，
在昨日入作协的那一刻起，就已经
不再有任何的悬疑。
一条冲刺线定义了本无定义的过去。

虚脱

讲课时有无力感，感到虚脱

2017年4月18日，星期二

当我们的肉体已不再受我们脑筋的调遣，
那么，就像是一条帆船，
已经不呼应那积极而思变的帆，它——那船，
将驶向何方？
当我们的肉和灵，已被身体解除了兵权，
那么，我们的精和神，是否会升腾成一团空气？
当我们的上身和下身，已不再大而一统，
那么，这满世界肯定会
拥满了神不守舍的“卡通”。
当悲观和乐观的决斗，不再有可预见的输赢，
那么，我和你、他和我，
是否只能放弃，随天命之主宰而浮游？
（又）
当我真的开始写诗的时候，
我好比一条无知而无畏的船，
要先冲出港湾的羁绊；
当我真的，而不是假的，想写诗的时候，
我先要做的功课，是找来前人的诗，
海子、北岛、卡明斯（美）、宫泽贤二（日）等，

拿来挑选，

我定要捡出破烂，我非要漏掉垃圾，

我需知晓什么才是诗——形式的、才情的、实在和虚无的，

然后，我必须干的一件事，是不再重复他们（诗人）和它们——

那些以往的诗。

假如呢，他们（它们）已经是诗的全部了，那我就就此止笔！

一部没来得及出版的作品

2017年4月27日

一部没来得及出版的作品——在写作者活着的时辰，
那，就好比一只好不容易大半个身子已经爬出蛋壳的仔鸡，
仅有一条腿，在最后的那一小步上跨不出来，
于是，一个新的生命就必定会耗死于无边缘的时间，
并在光年中夭折。
但是，它不甘心，
但是，它像一座僵直的、用尸体筑建的肉碑，
在就差一步拥抱出生的喜悦的“生死蛋壳”上，
用薄弱的小身子，为自己的即将诞生定格，
铁证自己曾经一瞬间一眨眼的
曾经存在！

在国图观看《简·爱》手稿

2017年4月27日

夏洛蒂·勃朗特的手稿《简·爱》，此时就在我的眼前，
它，多么像一张小学生作文的手稿，但它分明不是，
它如同一艘已经下水多年的航母，上面载的
是几十架歼击机和舰对舰导弹，要打击的
是时光海洋远端的死沉的人心。
《简·爱》，可不简单。

当爱人间的年龄差，在一个多世纪的大尺度测量下，已经微乎其微；

当贵族和平民的边界，已在历史磨浆机的飞轮中粉碎得七零八落。

那么，简爱的爱，无论何等的简单或烦琐，
都如道教阴阳间有一道分界线的图案一般
黑白分明。

小鱼和小虾

小长假第二天，从池塘捞回鱼

2017年4月30日

当几尾鱼以及小虾，被主人从楼下的池塘用网打来，

来到它们楼上的新家。从这一时刻起，它们

就变成了观赏鱼以及虾。

它们有得也有失，失去的，是湖泊和水池的浩大；

得到的，是不用自己觅食。

它们还有一定的危险——甭被同缸的鱼虾食掉，因为从此它们

只能同居一室。

鱼虾想不通的是，这一切为何都发生得莫名其妙。它们对之，

永无解答，它们的命运已被另一物种的主人管辖。

囿于此，则安于此。这个道理，我想它们会用一回回凌空的跳跃，

企图飞出缸的冲击，以及同伴落在地板上变为一具干尸而最终搞懂。

那几条还没腾空的，因它们的认命而获得存活，而缸外风干的，

是枯干了的勇者的遗体，作为主人的我用意念奉送给它们

英雄奖牌！

墓地归来的感受

2017年5月28日

我未来的墓地，并不在石头和蒿草堆中，

我之墓，必然的，在遍布中国、中华、中半球图书馆的

书架上，那沉埋的骨灰，就是我书中的数百万文字。

每次我之著作，被未来人的手，从书架上取下，那就是

为俺扫墓啦！

作曲家的坟，在旋律中；

作家的墓，在字符里，在写作者

模糊不清的记性留痕。

每读一次我的书，你每心领神会一次，

在“书坟”中睡眼惺忪的我就会被重新唤醒一次，

我会用有气无力的喘息，来迎接你的来临。

为我扫墓的你，用你的眼在扫描我一行行苦心制作的故事的时候，

你扫的，就是我墓上的尘埃。

我虽然，再也无气也无力，从“书碑”中站立起来，

向你鞠躬，但我已尽过力了——在生时。

我曾用几十年殚精竭虑的无休息的写的劳作，为你的来访制造理由。

我睡着，因为我早累了，我任你用蛮劲在我的书页上，毫无耐心地抓挠。

或许你并不真心爱书，你只是附庸风雅，

但只要是你来了，只要你没忘记我，哪怕你只是偶尔翻到我的书，

我也绝不把你怪罪，我哪会呢！

好歹我的墓，还是有人来过了，我的清明，并不那么冷清。

我先谢你啦，在我还活着，还能写作，还能用笔说话、用文字表达的时候。

我的百年后的读者你啊，你也会千年万载！

盆中的小鱼

2017年6月10日

盆中的小鱼，当我从湖中捞起你时，

我还以为，我是在害你，是作孽，

还以为是为了悦目的贪图

将你谋害，将你从鱼的世界里分离，

将你的自由，深锁于如冷宫的小盆。

与你同来的那些小虾，因熬不过盆里的无聊，

它们竟然飞身跳出了那盆儿，陈尸地板，

在空气中，把生命风干。

于是呀，你，你这条小鱼，变成了独守空盆的孤影。

小鱼呀，我原以为这一切都是我的过错，我是你的罪人。

但两个星期之后，

当那湖——你原来的家——变为枯塘，

当塘中鱼虾视为空气的水全然不见时，

我再从那见底了的、连淤泥都早风干成了石块的“湖”边走过时，

他们以“清淤”的名义，让我想起盆中仍活着的你。

我意识到：原来，俺是你现在还活着、还能残喘的最根本的原因。

我是你的救命恩人！

因为，至少你还活着。

摄影师的伎俩

北京—大理的飞机上

2018年2月20日，年初五

一

摄影师的伎俩，其实，就在于抓住光线。
光线是，上帝送给这个世界的一套魔术，
你只要接着用它玩耍，
就能拍出好的照片。

二

在飞机上抓拍阳光时，
你离它——太阳，又接近了几千米的距离，
你如同齐天大圣跳到半空中翻着跟头，
倒悬着和它游戏。

三

多好的比喻，兰波说他会语言炼金术，
他用那炼出的成果作诗。
而我，难道，是他之后的又一个吗？

四

当你用时光岁月做刷子，

怎么也蹭不干净彼此间的情谊，而它——
那像污渍遗痕般顽固的记忆，此时，
已不再能被彻底处理。
刷子失灵了，残迹便变成永恒。

五
伴侣像一双鞋子
的各自一只。

洱海组诗:

洱海——上苍的耳朵

叠翠雅筑客栈

2018年2月22日，午时

洱海，上苍的耳朵。

洱海，你如同一只被上苍灌进了水的耳朵，

横飞到了这苍山的下面。

苍山是力量，洱海是柔情，

苍山的水用不了，就下注到它的水槽——洱海的里头。

你苍苍——那山，

你茫茫——那水，

山的坚韧水的平和，

外加上，妖女一样的云彩。

云中带着彩色，就是苍山的皇冠。

海里的鱼——银鱼、罗非鱼——是这沧海的见证，

它们一群群的进了洱海人之口，

但它们又一拨拨繁衍不断。

千年后、万年前，当人类已经发生了种类的变异——当人类不再是“人”，

那时啊，山还是山，海仍是海，

鱼嘛，终将是鱼。

献给卡斯罗

2018年2月22日

卡斯罗，第二天我才知道，
你是这家客栈的主人花万元买来后，
被拴在楼下洱海边静坐的名犬。
你来自意大利，因而，你吼声如帕瓦罗蒂。
但你不能动——那根绳子终年不放松。
据说，主人曾给你筑窝——舒适的那种，
但你死活不钻进去，
因为你本是藏獒一样的猛犬，
你本是猎人的战友、伙伴。
而今，你却被异邦的富翁买来，
只为与他的座驾“宾利”匹配。
但我坚信：“宾利”配不上你，
主人配不上你，
这高级的客栈更配不上你，
能配上你的，或许，
只有苍山，
以及洱海。

上帝的脸

2018年2月27日

上帝的脸，你是阳，还是阴？
上帝的脸，你上面，有，还是没有皮？
上帝的脸，你“唰”地翻过去的时候，
将是几何？
上帝的脸呐，你因何从未给地球上的人类
一个正面？
我只记得，你儿子的相貌，
我仅清楚，圣母的美容。
我担心的，并不是你的美丑，而是冷不丁地
撞见你那秘不可知的真容。

咏白族村落野狗

2018年3月1日

没人确切知道
你是否是一条狗，
在这戊戌（毋需）的年月，
更，没人知道，你是否是一条好狗、良狗、善狗、恶狗、美狗、丑狗……
在这没着没落的时空，
那时空机转呀转、摇啊摇，摇出来的
竟是一群泡沫；
美景呐良辰呐看啊看，竟是一团迷雾。
你是好的也罢，
你是坏的也好，在狗年，你必须、应该就是也只能是
一只犬，一条狗！
你狗尾巴翘，你狗尾巴秃——我不计较，
你美你丑你凶猛——我不追究，
但你必须
忠诚这主人，这主宰，这主旨，这主张、主流
和主题。

丢 魂

2018年3月3日

我丢了一个本子，那上面，
有几首我去年写的“十分少见”的诗。
我四处搜寻，我翻箱，我倒柜，
但它至今仍在迷离，于是，我彷徨，我慌张，
我沮丧，我哀伤，因为好歹，
那是我“诗窦初开”的几篇作品。
毕竟，我只写了那样的少许，它，
仿佛是2017年一小片为数不多的记忆的云，
它在天上，那天就显得不空。
但你如今在哪儿啊，你无论如何，得给我现身。
我丢一次，有种丢魂的感觉。
魂兮，你必须归来！

断桥组诗:

断桥和诗

杭州断桥边星巴克

2018年9月13日，下午

当桥没断，而诗断了的时候，
那么诗断，桥也断了。
当诗断，而桥没断的时候，
二者，都没断。
当桥和诗，一同断了的时候，则，一切皆无望。
诗是什么?
诗如同这桥，似断而还没断时，
它就是诗。

断桥和断片儿

2018年9月13日，下午

片子断了，则人回归于古；
人断了，则片子不再延续。
片儿断而人没断——断代的断，
那么，天也不再，地也不连，千古悠悠回到原初。
因而，片儿不能断，
则，人也不能去世。

我活着

2018年9月13日，下午

·我连续，所以我活着

我不朽，因此我连续。

当我不腐朽也不再连续，

则山也崩，水也移，

因而，山河都将不再。

·我抗拒

我抗拒命运，我抗拒恶境，

我抗拒喜好，我抗拒是非，

我抗拒我，我抗拒他和它。

我唯一不抗拒的，是抗拒。

·轮回

轮回的把戏，起于诗歌。

轮回的轮，无始无终。

轮回终会回轮，回轮更会回归。

轮回的把戏，

起于赋……

也起于，不轮回。

·我不才

我不才，我不才于才，

我才于不才。

我有才又无才，

我——才无才。

我无能，无能于有能和无能。

我无能为力，却有力回天。

·何谓咫尺

咫尺就是永远。

永远就是不再。

不再才是美。

美然后是珍藏。

诗人与死

2018年9月14日，杭城

有几位诗人，
整天谈论着死，
于是有一天，其中的一个，
就真的死了。
他的死，还顺带着成就了诗。

青城山的道

游青城山

2019年2月1日

青城山的道，还真的法大自然，
因而游人攀路时，千丈之渊，毫无遮拦。
青城山的道士，并不自然，
因而既无仙风，更无道骨。
青城山的道，是险谷，是难关，
你爬过去之后，就是不知明暗的明天。

梦归遥远的童年

2019年2月8日，年初四

一

当梦，被岁月把玩，
当流年，已变成稀饭，
当红颜，或许早衰，
当海没枯，石就烂；
当懵懂，可以变现成浪漫，
当浪漫，或就是墓穴，
当风，吹不到对方所在的彼岸，
当彼岸，早就是永恒的不知，
当不知，既成为定式，
当定式，是X曲线，
那你我，该咋办？

二

唰一下子，童年变成了蜃楼，
在回忆之海的那边。
那蜃楼——约半世纪之前盖的——变成下半生迷恋的灯塔，
于是，早或晚、过去或未来的边界变得模糊。
我不知，向后的回忆是否是
向前的引路灯。

谜　团

深度迷惘之中

2019年2月15日

谜一样的团，在戏耍着，抖开它的缠绕。

缠绕不清的环节，在耍酷似的嘚瑟，秀着它们的玄关。

那一道道永不明了的门和径——人生道路中的——

在望远镜企及不到的辽远中，横着铺开，再铺开……

它们的尽头，是一团火光。

雪

读加拿大高校文学社诗集《春雪》，怀想蒙特利尔的漫天大雪

2019年3月9日，星期六，北京

雪的影子，是隐约的白色——
当它散落的花瓣，已和你隔绝了
二十一个三六五之后。
雪的印象，又是黑的——
当夜梦中的它在天亮时，顿然化尽的时辰。
落雪的响动，仿佛会敲锣打鼓，
当那个远在地球背面的“第二故乡”，
于你，已变为绝响的——此时。

质问生命

老爸病重期间，想到他中年所受的委屈

2019年3月23日，星期六

你说你漫长，为何不那么长久？

你说你美丽如花，具体是哪一朵？

你，会真的像花儿那样，开一次，再开一次吗？

你模仿的究竟是哪一种花的命运？

迎春花？桃花？玉兰花？还是狗尾巴花？

如花的你，有芯（心）吗？倘若有，是黄的、红的，还是漆黑的？

假若你的芯（心）是黑的，你也能活得痛苦活得爽吗？

你不爽，那谁更爽？

我是在质问：好花果真能活得过恶之花吗？

“心灵飞鸿”的感言：

生命如花，善恶有度。

善之花即使如昙花，也在一现中将生命之娇艳永存。

恶之花即使如塑料花般永不凋谢，却也在一出生就注定了僵死的命运。

都一样地活着

傍晚，老爸病床前

2019年3月23日，星期六

人，怎么都是活着，
你可叱咤风云地活——当你风华正茂，
你可苟且偷生地活——当你陷入深渊，
你还可身上插着几个管子，几乎毫无知觉地默默地活，
而此时，哪怕你手指轻微地弹动，于我，都意义重大，
大到，不亚于你年富力强时的振臂一呼，
大到，不差于你意气风发时的谈笑风生！

生死一条线

父亲病床前

2019年3月24日，星期日

在人的生死之间，有那么一条线，
它可长，也可短；可靠前，也能靠后。
它仿佛是根跳绳，摇呀摇，摇到你的脚下、足间。
于是你使劲地蹦，你拼命地跳，
你怕它躲它，直到你筋疲力尽，
于是，它，就触碰到你，
因而，你，就出局。
或需等到下一盘人生游戏的再次开局，或者，
就永久去了另外一个世界。

脸 书

和秦立彦老师诗《脸》

2019年4月3日，星期三

脸书——用face 制作的book！
它们因人而异，
有厚有薄，有深有浅；
有的平淡无奇，而有的
却气象万千！

清明节的新顿悟

同日，将老父安置到八宝山革命公墓之后

2019年4月3日，星期三

我原来一直以为：清明节和我永远没有关系，

是你，我的爸爸，五十六年来头一次，让它对我有了实际的意义。

我以前始终坚信：那些从未经历过的祭奠环节和仪式，是千年以后的必修课，

是你，我的老爹，你叫我提前那么多年开始了对它们的实习。

尽管如此，我还是幻想：

需等到万年过后的猴年马月——你属马，

那危墙（他的墓穴在墙上）上面你谦谦君子的笑容，连同你的精髓，才真格地

在宇宙间挥散完毕。

走，写生去！

记孙建中老师带领海淀老年大学国画班的同学们到紫竹院写生

2019年5月5日，星期日

写生，写生，咱们到公园写生去！
采风，采风，我们用画笔去采风！
采牡丹、采芍药、采紫竹、采马兰……
我们老大不小，我们携子带孙，
我们来自“老大”（老年大学），我们却鲜活无限。
暮春了，坐小板凳子，绘半颓牡丹，
它们半老，俺们半衰，
然而，微风吹，花叶晃，笑语在环徊……
老我老，却不及幼儿老，
败虽败，可童真仍在怀。
一笔笔描下去，一束束花开来，
那软笔、那心思，那一簇簇“生命之芯”——花蕊，
在画纸上、在园里的碧水蓝天中绽开！

八宝山上的“炊烟”

恐怖诗。昨日去八宝山为父亲过“七七”

2019年5月12日，星期日

每次去八宝山革命公墓，走到半山腰，都闻到一股奇怪的味道，

像胶皮、如沼气，反正，是那么的恶心，

原来，那是烧灼人的气味，

那传送“人气”的载体，是袅袅的“炊烟”。

于是，我戴上口罩，因而，我躲着它——那烟、那味儿，

但无论我怎么绕道，无论是从东或是由西，面南还是朝北，

它们，白烟缕缕，异味股股，都跟着灵活多变的风向，向你侵袭，

把你纠缠，让你崩溃，叫你无法逃遁。

那白烟中，可有灵魂？

那粉尘里，是否尚存气息？

那“烟土”中，一定五毒俱全；

那“白面”里，注定如同什锦。

难怪那后山，是那般葱郁，

原来这公墓四周，是这样肥沃。

但，这山里还是阴森无比、冷冷清清，

哪怕是在阳光明媚春花未败的夏末。

活着的我们知道：八宝山的“白云”是漆黑、污浊的，有毒

的，

但只要我们一息尚在，我们就会常来，一趟趟一次次拜谒已故的亲人，

然而，我们明白：我们永世想看也不可能看到的，

是自己的那股雪白的“人烟”，

那对眼睛——瞅它的，不属于我们，

那种眼神——只会在后来者的悲喜中闪烁。

我玩命祈求，我发誓抗拒，抗拒被一团我与它无冤无仇的熊熊火焰，

毫无抵抗地焚灼；

我一定，非要找个不缺我这八尺身材的地广人稀的地方死去，

然后，我就可入土为安。只要能躺着，哪儿都行，哪怕是荒郊野岭！

我想土葬！

即便，我升腾的灵魂，不会再回来寻找它的“载体”；

哪怕，我的文章词句，不缺一个肉做的“航母”，当它们的舰载机。

我希求，我的肉身是全乎的，是非雾化的，是没异味的，

是永垂还可能速朽的，是平平静静踏踏实实多多定定的，

那样，蚯蚓会爬过来散心，蚂蚁要走进来做伴，

还有，蛤蟆，也会“噗通”跳进你的棺椁——

据说那还是最吉祥、最求之不得的！

暂别了，父亲的灵；结束了，你的“七七”。

我回头望，我摘下口罩，我再向上瞟一眼

八宝山革命公墓山顶上那经久不散、令人作呕和生畏的缕缕“炊烟”。

五毒俱全的翟大哥

青岛，窗外栈桥迷蒙，泛海名人旅店

2019年5月17日，星期五，雨

一

明天回京，不得不写首诗，要不青岛白来，

但我寻思了一夜，我不知道，该不该把翟大哥的故事变成诗词。

二

我同他邂逅路边，然后，他载着我——用他弟弟的出租车，去了崂山。

晴朗天，平静日——青岛不是旺季。

我们一路热聊——胶东人那样地。

我们先奔法海"故居"法严寺、"螳螂拳发明和尚"的墓地，然后，

去崂山太清宫眺望老子最高塑像，寻崂山道士踪影。

据说蒲松龄在那个道观的一个小黑屋里取材，

根据一堵墙，编成了"崂山道士"鬼神故事。

翟司机、翟老哥（他1959年出生）、翟兄弟，

他讲话时如同一团喷火器般热情、真挚，

他像个典型胶东男人，把我这半个老乡（老母烟台人氏），

仅用两三个时辰，就感化成了兄弟。

尾随着比你大两三岁的人跑步——在人生的马拉松路上，
就如同是贴身跟跑，
他的跑姿、他的步幅，你只要照着模仿，就能省很多气力，
而且，他还能帮你挡风。
因此，我对翟哥的话，句句，感佩无比。
他有激情——胶东人一贯风格的，他还懂道理——孔子出生省的，
他能在最短的时间内，把整个心扉以及心肺
像打开包袱那样，“唰”地亮开，任你在灿烂阳光下观瞧。
他七九年在我老家烟台当兵，这不稀奇，稀奇的是
他竟然去过广西中越战争前线。
由于他是高射炮部队的汽车兵，
他没冲过锋，也没真的上过火线，但他的确
在那个到目前为止中国最后一场战事中，
在紧贴着生死分界线的前线上待命过三个多月，
他有四个老乡战死了，他亲眼目睹过一节节无主儿牺牲者的胳膊和腿，
而他，却没被真的派上战场，
对此，翟大哥长叹一声说：“老弟，这就是命呀！”
翟哥退伍后就去了海尔公司，当上了集装箱卡车司机，
他走南，他闯北，他熟知没成名前的张瑞敏（海尔功臣），
他珍惜“越战老兵”间的战友情，因而，
在崂山半山腰，他拉着我到一个老战友开的“民居”里，
喝战友女儿亲手为我们泡制的“崂山茶”，

并激励我买了两千多块钱的海产品，其中最贵的是天然海参。

翟哥每三天都要吃半根的“海黄瓜”——

他战友亲自潜下海抓的天然海参。

再过几个月就要六十退休，等着给第二个孙子当爷爷的翟哥说：

“吃海参不仅能增强免疫力，更能增强和补充男人的性功能。”

“大家都是男人啊！”在这儿，翟兄特意补上了一句。

我为啥犹豫要不要把翟哥的故事写成诗，

并收进我这部不成熟的“处女诗集”里，

哪怕它只能勉强能命名为“叙事诗”。

因为翟哥说他“吃喝嫖赌毒”全涉。这话，

翟哥是在吃了一条新鲜黄花鱼和一大盘海蛤蜊之后，

用将“一生伟业”做一番自豪总结的口吻说的。

还说他在越战时，曾猥琐过越南女兵。

翟哥说：“齐老弟你想，我也是男人呀，当年才不到二十岁，

马上要上前线了，可还不知道女人的滋味呀！”

至于后来，退伍后的翟哥到海尔当大卡车司机，

他走南闯北几个星期不着家，经常在外面“玩女人”。

他吃过“摇头丸”，

说吃完后，要在酒吧中玩命摇头摆尾——得把毒劲儿狠命甩出来呀！

对于一个曾经与死神侥幸爽约过的老兵，
一个能驾驭数十吨钢铁怪兽的山东汉子来说，
似乎，他那样地活并将其当作能够“致青春”的“成功追忆”
并不难理解，也毫不稀奇。
翟哥说女人如同老虎和卡车，
能多多驯服和驾驭，是男人的本事证明。
说这话时，他有股子“青春无悔”的自豪。

三

在结束崂山一路热情洋溢的聊天和推心置腹的“交心”——
两个快要六十男人之间的交心——之后，
我原本想和翟哥留个影，加个微信，
然后，再把他列入“永久好友”的行列，
但最后，我既没有和他照相，也没有把他加进“朋友圈”。
起初想加他，是因为
他是我结识的第一位“越战老兵”——他的“芳华”无比鲜艳。
其次，他是所占比例并不大的“本色好人”。
最终让我犹豫的，兴许是因为他马上就要六十岁退休回家，
去抱第二个孙子（女），我下次来时，
再不可能打个电话说：“老翟，再拉我去趟崂山！”
我不想和翟司机再见面、再称兄道弟，难道就是因为
他于我，下次来不会有什么“再利用价值”了？
那老齐我是不是挺不仗义，也不厚道，

而且，还一旦没利了——就马上忘义了呢？

不过说到底，俺俩只是偶然相遇，是“利益旅伴”，

我付钱，他开车

而已！

其实细想，真正让我不会变成翟哥朋友的原因，

是我怎么会和一个“吃喝嫖赌”外加“毒”样样都沾，

而且，将其作为“无怨无悔”的“最自豪终身成就奖”

颁发给自己的人

发展成铁杆朋友？

我好歹还在大学教书。

四

翟司机以及他的同龄人，1959年出生的，

在半年之内，就将齐刷刷地下岗、退休，他们再无劳动能力和使用价值……

而那，不也将是我自己三年后的命运？

难怪翟大哥说人生有几个关口，六十三岁就是一个，

因为人一旦停止工作,整个生命系统就将出现“巨变”和失调！

他告诉我这条规律，就如同你跟跑的那个先行者回头对你说：“小心，前面有个大坑！”

在人即将终结“有效生命”，即将离开挚爱过的工作场域，

在你马上要退到人生最后一条战线——和死神短兵相接之时，

每个人都能用几个字总结和概括自己的“前三节战绩”（如同篮球场上的），

那几个字也许是“无恨无悔”“波澜壮阔”，

也可能是“平淡无奇”“毫无建树”，

至于我本人的，还要等三年后，才能揭晓，当然或许，会更晚一些，

但无论用何种字眼，

都应该也必须比翟司机的“吃喝嫖赌毒”好看丰富些许吧。

呀，竟忘了，人家还有一个永不磨灭的荣光印记——“越战老兵”呢！

为之，我必须向热情厚道的青岛翟大哥，行礼，

对着，他至今还是高大笔直身板的军人的背影！

夜宿延庆小仓农场

2019年6月1日，星期六

一、猫头鹰

夜，猫头鹰在树梢站立，

我，没看清它好奇的眼睛。

它好奇我们是谁，因何，来这世代属于它的乡村，

我们也好奇它究竟是什么细模样。

对视后，它起飞了，于是，

我见到了它飞翔的样子——那，分明是鹰的英姿。

原来，飞着的它并不是什么懒猫，

它真是一只矫健的鹰！

二、北斗七星

不知何故，这里的北斗七星——似乎在我们的南边，

那明亮的勺子，它，就倒悬在夜空。

多年没见过它——因城市的霾污，

几多载未端详它典雅的勺影。

三、晨鸟

夜，不舍得关门，

晨，不情愿多睡，

由于，室外的鸟儿们唱的歌

着实太动听。
你听，那鸟鸣绝不是被煞费苦心训练过的，
人家，可是原唱，是天籁，
就仿佛，青藏高原少女的亮嗓。

四、“六一”

原本为了庆祝“六一”来此小住，
细数数——却只有一个小朋友，
余下的，都是“蹭热度”的叔叔阿姨、姥姥和姥爷，
小朋友打趣说：“今天，是我的包场！”
不过，星夜下，古堡中，壁炉边，
围炉畅叙——于大朋友们，不也是“六一”？

探访延庆永宁镇天主教堂随感

2019年6月1日，星期六

你建于1873年，

你内饰“光怪陆离”地美丽，

你因是“谷仓”，而幸免于“文革”的“战火”。

你仓中贮藏的，可是人类文明的“西洋食品”？

你是天主教堂，你是法式建筑，

至今里面，仍能听得到英文的诗唱。

这里曾血雨腥风，这周边、这用十字架装饰的石板路上，百多年前，

曾留下过无数教徒的血迹斑斑。

在被“雪藏”在海拔600米的永宁古镇，

你显得那般的“不搭”，

而你，竟用顶部美轮美奂的圣经故事绘画，

给这土色老城和墨绿的山峦，平添了一抹瑰丽的“挑染”！

人类文明之水从不同的源头，汇入沟壑布满的地球洼地，

它们分流，汇集，再分流，再融合……

你，一个另类的建筑，一个奇葩的地标，一首清澈的神曲，

你是一个姿态，是一种不同的对命运解读方式，

这不也新鲜？这不也不俗？

这不也，那么赏心而悦目？

天主啊，遗憾我不信你，

上帝呀，要说你于我们，算是外来客。
我不会祈祷，但我会祈福——
我祈福精美的图案永不褪色，
我祈求优雅的建筑永不损毁，
我祈福各类文明共存，我祈求多种信仰并行，
我祈求蓝天永在，我祈福万物祥和。

延庆山中行

昨日与欧剑兄、周小兵大姐延庆山中行，山中野花点缀，远眺海坨山

2019年6月2日，星期日

家花纵有千般好，野卉仍具万样馨。

何苦自家种花草，漫山迷彩盼君来。

端午节，我包了六个“文字馅”的粽子

2019年6月8日，星期六，端午次日

昨天是端午节，我包了六个“文字馅”的粽子。
我用的粽子皮，是《雕刻不朽时光》六个分册的封面，
它们总体一致，但每一部，都有些独特的设计。
六个皮里面包的，是六本书的书瓤，是粽子的馅。
你瞧，第一个里面的馅，是“钢铁是庙里炼出来的”，
是红的甜的，因为里面，有《红楼梦》选秀的故事。
你看，第二个粽子中的馅，称作“灵与肉的厮杀与缠绵”，
难道它是个“肉粽”？
第五部，叫作“日本二次会”——副标题，
那可能，是寿司馅的……
六个“文字粽子”包完后，我把它们发到朋友圈里。
六个粽子的分量多少不一，但总重量我清楚，是144万字。
那相当于“稻香村”粽子的，多少两，多少斤？
我把它们投放进去的，是朋友圈，是网上，还是汨罗江？
哦，我还没忘了对大家说声：“用餐愉快！”
你岂不是拿朋友们，当成了江中的鱼儿？
所有的文化产品，都如同粽子，
都终将一头扎进森冷的江水里，
先沉底，再任食客品尝。
送去的，是精神的血肉，
获得的，是一江生命春水，永远向东流去。

树的回应

和秦立彦老师的诗作《词语》

2019年6月15日，星期六

（当听它被人唤作“树”时，树回应道）：

俺本不是“树”，俺又并非“tree”；

俺乃一生命，何吝被定名？

父亲节里想父亲

2019年6月16日，星期日，清晨

早起，打开手机，父亲节铺天盖地的提示，
于是，我本能地如往年那样，想去父亲的房间
探望。
空的。
我因而，忽然意识到，自己，已经开启了第一个
没有父亲的父亲节。
这是否，也是一个“节”和“阶”？
阶段的“阶”，阶层的“阶”。
这个阶段，对那些不幸的人来说，开始得很早。
我知道许多人，在不大的时候，就已经没有了父亲。
而我，都奔六了，老父，才头一次在这个日子缺席。
但我，还需要使劲地适应这个新的身份——没有了父亲的父亲。
仿佛天上开了个大洞，
好似地上有了个大坑，
也特别像剧烈的时差，总之，不适应，不舒服，不自然。
但这又是最自然的——人早晚会自然地没父，没母，
自己置换他们的角色，然后，最后，也留给自己的后代
一个没有父亲、没有母亲的父亲节、母亲节。
想通想开了之后，我再朝父亲的房间看望，

觉得即便那屋子是空的，觉得即便没有了他，

今天，也算是个好歹该过的

节日。

舒乙画作的印象

从“孔夫子网”购得有舒乙签名的画册

2019年6月22日，星期六

你的画作，我只能说说“印象”，
因为你画的，就是印象本身——
对人的印象、对景致的印象、对一切的印象。
你的画作不可模仿，因为那一时刻的美艳只有你能描绘，
想模仿你的，还不如再去发现更新的景物。
你是大作家和大画家之子，
因此你能够让情节和图像
那般有生命地媾和。
你的专业是化学，这是否能够解释，你采用的色彩
都拥有迥异的配方？
还有你是否企图，将世界另一层浓重而隐瞒着的靓丽
向世人赤裸呈现？

父亲百日祭

昨日，去八宝山革命公墓

2019年7月2日，星期二

你一生共有两个“百日”，
头一个，是八十八年前，
第二个，是今天。
第一个，是在农村老家，
第二个，是在这里。
头一个，应该挺热闹的，
而今天，这里很寂寥。
第一个，我当然不在，
今天，我和妹妹是唯一。
百日之后，对你的早期祭奠，
节奏上已结束，
通常我们只需，一年后再来。
但我们不愿随俗，我们会常来看看。
老人百年百日之后，
我认为后生者应做的，
就是忘记、忘记，使劲强行地忘记，
要不，生活怎样无痛地继续？
迈过悲伤的沟壑，跋涉苦痛的大川，
然后，亮色才再显现，希望方又萌生，

那样，才过好，我等的余生。
我等，应大步向前猛走，
吾辈，须冲着烈日狂奔。
不再纠结于先人留给你的念想，
不会候等心痛伤疤的复原，
你必须减少怀念，你应该不去追思，
因为你前面的路，毕竟，也没有多远了，
由于你的未来，早已不再是青春。
暂别了，老父的蜗居，
放心，你不用苦等365天，
就能看到，我再来祭奠你时的身影。

元宏周年祭

昨日去昌平九里山公墓祭奠高中同学季元宏

2019年7月10日，星期三

元宏吾弟，今日小雨淅淅，去年小雨淅淅。

去年此时此刻，你应还在大地站立；

今年彼时彼日，你已栖身碑林。

元宏吾弟，为兄来看你。

元宏吾弟，你的突然离别，

叫上天不解，让大地诧异，

你硕大的身躯，原本壮实无比，而今却

与他人的大小无异。

元宏吾弟，为兄着实不同意。

元宏吾弟，去年小雨，今年又小雨，小雨洒大地，

代替我抽泣。

元宏吾弟，今夜又有大雨，我在屋里，你在山岗，

我不用打伞，你那里也不用打——你已经和天地一体。

但，那感觉可好？

元宏吾弟，我虽然知道，山上的一平方米，

迟早是大家的身后小区，但我活蹦乱跳地造访你，你却不起身子，

这，是否无理？

元宏吾弟，此时你在碑的底下，那块碑，不就是一堵冷墙？

哪日我也学会翻墙，在墙里和你共叙发小、同窗情谊。

元宏吾弟，前些年，我还和你欢快合影，

现如今，再次与你合影时，是一块石碑。

元宏吾弟，马拉松人生一起跑，哪容得，有人先轻松逃离而去？

那样我等的剩余路途，岂不没人照应？

元宏呀元宏，你给那么多人，留下了这道漫长的难题。

和秦立彦老师诗《隔窗望月》

2019年7月13日，星期六

人路月径，

各自不同。

偶有交汇，

人去月明。

送父亲最后一笔医药费单据

上午到中粮总部福临门大楼，送去他最后一笔医药费

2019年7月15日，星期一

一直应该去，迟迟不愿去，
不舍将这些单据脱手。
它们是，父亲生命的最后痕迹。
即便是在挣扎。
每年总去一次，这次最后去。
这座现代建筑，
这个央企的总部。
女职员微笑给我让道："您是老干部呀！"
她不知，鬓角斑白的俺，是老老干部的儿子。
人啊，谁都会最后一次报销。
不同是，自己报销，或别人替你报销。
报销后的收入，属于你，还是家人。
最后一次来了，不急着回去。
中粮咖啡厅的卡布奇诺，商业的浓味道。
不能像往常那样，一杯咖啡，一本书。
这儿，瞧书显得不搭，
甚至猥琐。
君不见，周边正在
国际生意进行时。
虽然，那也是，俺曾经的强项。

挑个好位置！

一大早赶到八宝山革命公墓安葬墙，为老爸选择“户型”

2019年7月23日

你选朝西，我挑向东，
大家为逝者选“壁上居”。
我看看你，你瞅瞅我，
咱们的先人能当好邻居？
我看你面善，你瞅我不坏，
祭扫时咱们甭鼻子看不上脸！
我家老人是副部级，
咋？瞧不上俺们局级的当街坊么？
说什么会活的不如会死的，
早死早挑好地方。
道不清言不明，因何你家老人偏偏比俺家的
多健康那么些个岁数！
永居，永居，永居在这个不沾土的半空阁子；
鸟瞰，鸟瞰，鸟瞰后世子孙延续他们的生命。
你甭想，你别做梦，你没资格在京城这个“宝贵地段”
做下一个半平方米的“鸽子窝”。
即便你级别已够，你还得速死。快来，
抢墙皮，抢地段，抢朝向，抢房号！
你“天堂根据地”的“房号”是你生时居所的倒写，

比如活时你住123，死后是321，
这，多好找，好记！
天国和人间的住宅格局，是相反的，
因而，你的住址没变。

别西藏

拉萨—西安飞机起飞前速写

2019年8月11日，星期日

混沌，清澈，白色，黑色，红色……
蜡染了这块土地。
飞流，走石，牛羊，藏獒，
骨骼，装饰了它。
人与天珠同纯度，
烈火中再生。
五彩的顶级绚色，
昏花了观者眼，
咒语经声充耳，
使灵魂灌浆。
难得一来，
不会再来，
一眼一bye-bye，
一步一返。
亚洲的水塔，
东方的圣坛，
存住灵之源代码，
留下复活的 restart。
人是否转世，

是世后之事，
先叩拜下去，
再起身仰头，
白云在眉眼处
滞留。
奇伟的身姿——青藏高原，
高不可人攀，
它，却细微观察你我。
高原反应，是物理学
对人的态度，
先让你精神受苦，
再拉你向巅峰行走。
走那步了，就值。
哪怕只一次。

西湖残次畅想

写于清波门“故居”旁常住旅店

2019年8月29日，星期四

生命蛮悠长——用分秒算计的，
又太短——用钢筋水泥的家来对比，
让吴山、西子湖来度量。
二十五载西湖梦，四分之一世纪的进进出出、来来往往，
从无家到有家，再到四处流浪，
到头来，它还是它——那湖，
我还是我——一游人。
友人游人本地人外地人都渐老矣——
在西子湖的美色面前；
坟茔上草籽已经发芽
虚位以待我等回归。
待吾辈变成臭氧废气时分，
她——这妖湖，
想必还将淡妆浓抹花枝招展
去接新鲜苍蝇客。
岁数太短，甜梦太长，
浪打浪，西湖水，
留给你那些早晚会成为醋鱼的“湖主人们”游泳吧，
我等早该上岸，吾辈对你不屑一顾，

甚至爱答不理。

“绕堤柳借三篙绿，隔岸花分一脉香。”

堤，是苏堤、白堤，岸，是彼岸。

千百载，众生用亿万只脚踩踏那两个堤，

滚滚而来，又滚滚而去。

终了时，也仿佛西湖醋鱼，

被天寿咀嚼后，留下的，仅几根残骨。

你们还是你们——这堤，这湖，这山峦，这谜样云烟，

那些芸芸岸上行者，竟没一人看到过彼岸，

却见那花儿依旧芬芳，柳儿还那般傻绿。

“心灵飞鸿”评语：

生命无常，西湖依旧。

滚滚红尘，芸芸众生，在湖光山色中经受洗礼。

遥望彼岸，蓦然回首，心花已如莲。

断桥咏

时隔一年后，又在断桥旁觅小诗

2019年8月30日，星期五

二十余载断桥走，
此桥于我，从没间断。
延续千载霓裳，
继承百年风流。
连青山，
衔秀水。
行三步，连一段，
迈半程，衔十里。
缝合杭城雨点间隙，
熨平西湖四季隔阂。
心没断，
意不绝。
跑掉复归来，
逃远再栖息。

跋：这是一部“精神高原反应”的集子

管它叫“戌狗亥猪集”，说的是它的主要部分生产于2018年和2019年，是戊戌和己亥。

其中有几小段落的诗是2017年生产的，具体是猴年还是马年，我已说不清楚。

它的名字，确切地说，是今天上午我在曲院风荷溜达的时候起的，开始想到的名字是“三心集”——鉴于鲁迅有个集子，叫作“二心”来着。

它和上一本《小民杂艺秀》有些相像，都是“早产儿”或者“思想宫外孕”。我本不想催生它们，因为这里的文章和诗，原本计划放在五胞胎：《小民剧评》《小民书话》《小民收藏乐》《二十五载写作路》《再尝试集》里一本本单独做成集子的，但后来我读了鲁迅的一些集子，比如《二心集》《而已集》《且介亭杂文》等，我发现我们伟大的思想家鲁迅，原来大约每隔一两年，就把那时段写的文章——甭管指东边的还是道西边的——都统统打包，使其变成一个有时候薄一些有时候厚一些的集子，然后用看似轻佻的书名勾一下花边儿，“点一下眼睛”，于是，一个表现他那一两年心绪和风格的“横菜”，就悄然出锅了。

对此，鲁迅在一个集子里是解释过的，大意说我必须抓紧出集子，时不我待，一年代一风格、一特色、一念想，谁都代替不了谁——大致意思如此，不信你找来读读。

反正我是读出他不同年代集子们的不同滋味了，比如《且介亭杂文》和《二心集》写作时间十分不同，鲁迅不把它们（那些文章）放进一个里面，是对的。

因此，我就有些迫不及待了，我不想等《小民剧评》和《小民书话》写好——那可能要等上数年，也不想等《再尝试集》——我的第一部诗集完成，那至少也要一年以上，就揭开锅盖，把这两年来分泌的"思想垃圾"给一股脑捆绑了，用草绳子扎紧，做成一个"戌狗亥猪集"，免得明年起全国都推行"垃圾分类处理"后，它们不那么容易一下子倒出家门外去。

当然，由于有"诗"的缘故，这部书里没有《小民杂艺秀》那么多的字数，但诗如果好，不需要那么多文字吧。

至于我一贯要求的每部书——这是第二十六部——都要有的"生命极限元素"，它当然有了：家父的生命是，老同学元宏的生命是——这部作品应该是对他们的最好怀念。至于我自己，也在这段时间里既经历了至亲好友亡故的巨痛，同时，也"单身"去了西藏，到达海拔5190米的高处拍摄纪念照发朋友圈炫耀，还经历了《雕刻不朽时光》——我创作的珠穆朗玛最终胜利出版的"精神高原反应"，我竟然把那阵子超级兴奋心跳失常的危险期给平安挺过来了，因此，这部东拼西凑的"戌狗亥猪集"，就没理由不具资格独自面对读者了。

2019年8月30日傍晚，齐一民写于西湖南山路